KB074876

나는 세 번
죽었습니다

나는 세 번
죽었습니다

손혜진 지음

알에이치코리아

사람은 몇 번 태어날까

사람은 몇 번 태어날까? 단순하게 생각하면 답은 한 번이다. 세상과 처음 만난 순간, 우리가 태어난 날은 한 번뿐이다. 하지만 누군가 내게 "당신은 몇 번 태어났어요?"라는 낯선 물음을 던진다면, 쉬이 한 번이라고 대답하지 못할 것 같다. 질문을 곱씹은 끝에 "네 번 태어났어요."라고 대답할 것이다. 살다 보면 새 삶을 받게 되는 순간이 있다고 믿는다. 병원에서, 전쟁터에서, 각종 사고 현장에서 그런 기적이 존재한다고 생각한다. 그러므로 사람은 몇 번 태어날까에 관한 대답은 "사람마다 다르다."가 될 듯싶다.

내 삶은 부모님과 의사 선생님의 합작이었다. 살면서 생과 사를 오가는 수술대 위에 세 번 눕게 되었다. 수술실에 들어서기 전에는 죽음을 의식하지 않을 수 없었고, 매번 오늘이 끝일 수 있다고 생각했다. 다행히 세 번의 수술이 무사히 이루어져서 내게 다시 삶이 주어졌다. 의식이 돌아오면 아직 살아있다는 사실에 감사했다. 마치 새로운 생명을 또다시 받은 느낌이었다.

나는 태어날 때부터 건강한 아이는 아니었다. 잔병치레가 잦았다. 태어난 지 100일쯤부터 감기에 걸려 기침과 구토를 계속하며 밤낮으로 울었단다. 그즈음 폐렴이 겹치면서 엄마는 하루에 두 번씩 나를 병원에 데려갔다. 워낙 자주 아프다 보니 엄마 등에 업혀 다닌 날이 많았다.

내가 본격적으로 병원 생활을 강요받은 것은 여덟 살 때였다. 소아암, 병명은 신경아세포종이었다. 1994년 처음으로 수술을 받게 되었는데 주변에서는 내가 얼마 살지 못할 거라고 이야기했다. 그리 오래 살지 못할 거라던 아이는 어느새 서른세 살의 어른이 되었다. 그사이 희귀암인 GIST에 걸려 두 번의 수술을 더 겪고, 십여 년 동안 항암치료를 받고 있지만 나는 여전히 살아있다.

차 례

1장

땅이 불안하게
흔들렸다

아홉 살 때 가족사진을 찍었다.

1년여 간 계속된 항암치료로 머리카락이 빠졌고,

나는 맨들맨들한 민머리를 검은색 털모자로 덮었다.

사진을 찍으며 '그래 사진 하나쯤 남겨야

내가 여기 있었다는 걸 알겠지.' 생각했다.

이상한 나라, 병원에 가다

초등학교에 입학하고 한 학기가 채 지나지 않은 때였다. 평소처럼 학교에 가기 위해 아침밥을 먹던 중 배가 아팠다. 쿡쿡 쑤시는 듯했고, 아릿하게 저리는 듯도 했다. 체했나 싶어 손을 조물조물 만지다가 바늘로 땄다. 그 후로도 종종 배가 아팠다. 처음에 걱정하던 부모님은 복통이 반복되자 내가 학교에 가기 싫어서 꾀병을 부리는 거로 생각했다. 배의 통증은 날로 심해졌다. 아침밥을 먹을 때만 간혹 아프던 게 저녁밥을 먹는 중에도 아팠고 나중에는 시도 때도 없이 아팠다. 미묘하게 욱신거리던 것이 나중엔 노골적으로 배가 당겨왔고, 콕 집어 어디라고 말할 수는 없지만, 뱃속 어느 부분이 꼬집히는 것 같았다.

부모님은 여러 병원에 나를 데려갔다. 내과에 가면 장염이라고 하고, 이비인후과에 가면 감기 혹은 폐렴이라고 하는 등 병원마다 진단이 달랐다. 처방해준 약을 먹어도 전혀 낫지 않아서 한약도 지어봤지만 아무 소용이 없었다. 차도가 없어 병원을 옮기는 일이 반복됐다. 몇 달째 복통이 계속되었고, 2학기가 시작되던 무렵에는 급식으로 나온 우유를 마시던 중에 갑자기 뱃멀미하듯 속이 울렁거려 교실 책상에 우유를 토해냈다. 부모님은 도저히 안 되겠던지 다음 날 바로 부산의 큰 병원에 나를 데려갔다.

　검사를 위해 방문한 그날의 병원을 기억한다. 부산 병원 소아과는 또래 아이들로 북적였다. 모자를 쓴 아이들이 유난히 많이 보여 '모자를 쓰고 있으면 안 불편한가?' 멍하니 생각했다. 아이들은 다들 눈 밑이 어두웠고 안색이 파리했다. 아이들 모습을 훔쳐보다가 눈이라도 마주치면 흠칫 놀라서 고개를 돌리곤 했다. 그 속에서 나는 이방인 같았고, 그래서 어쩐지 죄책감이 들었다.

　부산 병원에 다녀오고 며칠이 흘러 입원을 했다. 초음파 검사 결과 무언가 잡혔다며 정밀 검사가 필요하다는 진단을 받았기 때문이다. 열흘 정도 학교에 결석하고 여러 검사를 했다. 의사 선생님은 무언가를 계속 묻고, 또 묻고, 또 물었다. 부모님은 검사 결과가 빨리 나오기를, 나는 어서 집에 가기만을 하염없이 기다렸다. 처음 맞아본 링거가 불편해서 예민해졌는데, 그런 내 기분과는 관계없이 검사 결과가 부모님께 전해졌을 것이다. 의사는 내 상태가 심각하다고 판단하여 수술을 권유했을 테다. 아마도 "자세한 건 조직 검사 결과를 봐야 알 수 있습니다. 수술해야 할 것 같습니다."라고 하지 않았을까.

어느새 나는 병원 대기실에서 마주친 아이들처럼 '병원 아이' 중 한 명이 되어 있었다. 아픈 아이들을 동정했던 나를 비웃기라도 하듯이, 나는 그 무리에 속해졌다. 누구나 살다 보면 일생의 분기점을 만나게 된다. 어제와 오늘이 완전히 달라지는 사건을 겪게 되는 것이다. 내게는 그 일련의 사건이 그랬다. 여덟 살에 겪은 수술과 항암치료는 그 후의 삶에 큰 영향을 미쳤다.

축구공만 한 혹이 있다고?

병실 침대에 누워 있는데 낯선 의사 선생님이 방문했다. 곧장 내 앞에 온 의사 선생님은 친절하게 웃으며 "배에 축구공만 한 혹이 있어서 떼어내야 한단다."하고 말했다. 나는 배를 한 번 내려다보고는 믿을 수 없다는 눈으로 의사 선생님을 바라보면서 "말도 안 돼요. 축구공만 한 혹이 들어 있으려면 제 배가 이따만해야 해요."하고 손짓을 더해 또박또박 대답했다. 그 후로도 혹의 크기를 두고 말씨름이 이어졌다. 의사 선생님은 계속 축구공만 한 혹이 있다고 말했고 나는 말도 안 되는 소리라고 반박했다. 그렇게 몇 분 동안 옥신각신하다 의사 선생님은 무안했는지 어색한 웃음을 지으며 "그래, 야구공만 한 혹이 배에 생겼단다. 그러니

떼어내야 한단다."하고 말했다. 나는 다시 내 배를 내려다보았다. '야구공만 하다고? 그래 야구공이라면 들어있을 만하군!'하고 그제야 납득했다. 내가 고개를 끄덕이자 의사 선생님은 안정을 찾은 목소리로 "그런데 혹을 떼어 내려면 배에 이따만한 상처가 남는단다."하고 말했다. 의사 선생님은 어린 내가 수술을 겁내지 않도록 다정한 말을 건네다가, 진지한 표정으로 엄마와 대화를 나눴다. 그러고는 병실을 나서기 전에 다시 내게 '나쁜 혹'을 없애야 한다며 용감하다는 격려를 건넸다.

수술하던 날에 대한 기억은 드문드문 남아있다. 나는 이동 침대에 누워 옮겨졌고, 이동 침대를 따라오는 엄마의 눈에는 눈물이 맺혀 있었다. 엄마가 슬프지 않도록 위로하고 싶었는데 무얼 어찌해야 하는지 알 수 없었다. "엄마 울지마."하고 이야기하려다가 이동 침대 주변에 사람이 많아 한참 망설이다가 결국 하지 못했다. 엄마와 단둘이 있게 되면 말해야겠다고 생각하면서 어떤 말을 해야 엄마가 괜찮아질지 생각했다. 그러면서도 이동 속도가 빨라서 무서웠고, 멀미하듯 어지러웠다.

수술실 앞에서 대기하는 동안 주변은 무척 분주했다. 잠시 후 머리 위에 비닐 모자가 씌워졌다. 지금 당장 엄마에게 말을 해야 한다는 생각이 들었다. 엄마를 보며 무슨 말을 꺼내려 하는데 갑자기 잠이 쏟아졌다. 필사적으로 입을 뻐끔거리며 '말해야 하는데, 말해야 하는데….'하고 생각했다. 내 눈빛을 읽었는지 엄마가 "괜찮아, 엄마가 옆에 있어."하고 나를 달랬다. 엄마 얼굴은 눈물범벅이었다. 빨갛게 충혈된 눈에 마음이 아팠다. '그게 아니라….'하고 생각하다가 그대로 까무룩 어둠 속에 떨어졌다. 어둠 속에서 계속 읊조렸다. "말해야 하는데, 엄마한테 말해야 해."

그러다 어느 순간 번쩍 눈을 떴다. 갑작스러운 빛 때문에 눈이 부셨다. 눈을 깜빡이며 앞이 보이길 잠시 기다려야 했다. 막상 눈을 뜨자 아무 생각이 나지 않고 멍했다. 나는 어딘가에 누워 있었고 온몸이 무거워 손가락 하나 까딱할 수 없었다. 얼굴 위로 조명이 빛나고 있었다. '여긴 어디야?'하고 의아하던 참에 주변이 소란스러워지다 이내 정적이 내려앉았다. 공기가 순간 멈춘 걸 어쩐지 느낄 수 있었다. 초록색 모자와 마스크를 쓴 어른의 얼굴이 쑥 들어왔다. 마주친 갈색 눈이 이리저리 움직이고 있었다. 눈동자가 예쁘다, 하며 쳐다보다가 "엄마는?"하고 물어봤다. 정확히는 산소마스크를 쓴 입을 뻐끔거리며 말을 하려고 했을 거다. 갈색 눈의 어른은 "곧 볼 수 있단다. 엄마하고 아빠하고 곧 다 볼 수 있어." 하고 말해주었다. 안심돼서 알겠다고 고개를 끄덕이려다 몸이 무거워서 대신 눈을 깜빡였다. 무슨 말을 하려고 눈을 떴는지도 잊어버린 채, 안도감에 이내 눈을 감고 다시 잠이 들었다.

그날 나는 엄마에게 울지 말라는 이야기를 하고 싶었다. 엄마는 괜찮다며 나를 달랬지만, 여덟 살이던 나는 내가 수술하러 가는 중이라는 것을 전혀 몰랐다. 장시간에 걸친 큰 수술이었고, 생존율이 30%대로, 별로 높지 않았다는 걸 훗날 알게 되었다. 어쩌면 엄마에게 어떤 말이든 해야 한다는 의지가 나를 살렸나 싶기도 하다.

머리를 자르고

　　　　　수술 이후 본격적인 항암치료가 시작되어 링거로 항암제를 맞았다. 항암치료 약물에 빛이 들어가면 안 되기 때문에 링거병과 연결선은 은박지로 빈틈없이 감싸여 있었다. 은박지가 팔에 닿을 때마다 꺼끌꺼끌한 감촉이 전해졌다. 항암제를 맞으면 속이 메슥거렸다. 링거병이 수액걸이에 달리면 그때부터 속이 느글거려 토기가 치밀었다. 나중에는 은박지만 봐도 온몸에 소름이 돋고 구역질이 났다.

　　매일 새벽 피검사를 했는데 그날의 백혈구 수치에 따라 항암제 투여가 안 되는 날도 있었다. 그러면 입원하는 날이 더 길어졌다. 백혈구 수치가 낮으면(사실 어릴 때는 이유도 모른 채) 하염없이 오르길 기다리곤 했다. 기약 없는 기다림은 몹시 지루했다. 어차피 해야 할 거라면 얼른 항암치료를 받고 집에 가고 싶었다. 백혈구 수치가 낮아서 항암치료를 못하게 되면 엄마는 늘 "밥을 많이 먹자."라며 다독였다.

항암치료를 시작하면서 머리숱이 점점 줄어들었다. 항암제는 암세포뿐만 아니라 다른 정상 세포도 공격한다는데, 그중 모낭 세포가 죽으면서 머리카락이 빠지는 것이었다. 항암치료를 받는 암 환자의 약 65%가 탈모증을 겪는다고 했다. 병원 침대에 누웠다가 일어나면 빠진 머리카락이 베개 여기저기에 붙어있고는 했다. 시간이 지날수록 정도가 심해져 침대보, 이불, 침대 바닥과 주변 곳곳에 머리카락이 뭉쳐 있는 걸 쉬이 발견할 수 있었다. 치료를 받을 때마다 머리카락이 한 움큼씩 빠졌다. 그럴 때면 엄마는 복잡한 표정을 짓고는 하셨다.

엄마는 청테이프를 이용해 베개와 이불에 붙어있는 머리카락을 수시로 떼어냈다. 주변의 다른 아이 엄마들이 "머리를 미는 게 훨씬 나을 거예요."하고 충고해도 묵묵히 청테이프로 떨어진 머리카락을 떼어내며 버텼다. 내가 아픈 아이라는 사실을 받아들이기 힘들었을까. 아니면 여자아이라서 머리카락을 자르는 게 힘들었을까. 그 마음을 지금도 짐작할 수 없다. 항암치료를 진행할수록 머리카락이 수북하게 빠졌기 때문에, 나중에는 청테이프만으로 청소가 힘든 지경에 이르렀다.

엄마는 버티고 버티다 머리카락이 성기게 남자 어쩔 수 없이 나를 근처 미용실에 데려갔다. "머리를 밀까?"하고 물어오는 엄마의 목소리에 울음이 섞여 있었다. 그래서 차마 싫다고 말하지 못하고 고개를 끄덕일 수밖에 없었다. 병원으로 돌아오는 길에 내 손을 꼭 잡은 엄마는 머리카락 한 올 없는 내 머리를 보며 눈물을 글썽거렸다. 나는 생각보다 담담했지만, 있던 머리카락이 없어지니 역시 어색했다. 한 손으로는 엄마 손을 붙잡고 한 손으로는 머리카락 하나 없는 내 머리를 쓱쓱 문질러보았다. 뭔가 매끈매끈한 게 기분이 좋기도 하고, 바람이 너무 잘 통해서 이상하기도 했다. 머리카락은 또 자라는 거라고 생각하자 크게 상관없어졌다. 병실에 있는 아이들은 모두 머리카락이 없는데 나 혼자만 머리가 길었기 때문에 차라리 속 시원하기도 했다.

나는 비로소 '아픈 아이' 무리에 완전히 동화되었다. 다행히 엄마는 내 모습에 금방 적응했다. 시간이 지날수록 머리카락이 없어서 아쉬운 건 나였고, 엄마는 진심으로 편한

것 같았다. 젖은 수건으로 머리를 닦으면서 "이제 머리 안 감아도 되니까 편하지?"하고 물었다. 그때 내 마음은 '수건으로 쓱 닦기만 하면 되니까 편하기는 한데, 그렇긴 한데…' 했지만 이미 밀었으니까 별수 없지 싶었다.

어린 내게 있어서 민머리는 마치 '아픈 아이'를 상징하는 것 같았다. 머리카락을 깨끗이 밀어버리니까 역시 내 존재가 전보다 더 환자처럼 느껴졌다. 나는 병실에서 주로 손수건을 머리에 쓴 채 지내다 바깥으로 나갈 때면 뜨개 모자를 쓰곤 했다. 병원에서는 괜찮았지만 병원 밖으로 나가면 민머리인 내 모습이 부끄러웠다.

파란 하늘, 빨간 컵라면

항암치료를 진행하면서 정기적으로 입원
과 퇴원을 반복했다. 치료가 진행될수록 구토가 심해졌다.
링거를 통해 약물이 주입되는 내내 속이 울렁거려 먹은 음식
을 다 토해냈다. 나중엔 토할 것도 없어서 헛구역질만 해댔
다. 그럴 때면 간호사 언니가 구토를 억제한다는 주사약을
링거를 통해 넣어주곤 했지만 '효과가 있긴 있는 건가?' 어린
내가 항상 의문을 품을 만큼 아무 소용이 없었다. 진이 빠져
서 온몸에 힘이 들어가지 않을 때가 되어서야 속이 잠잠해졌
다. 더 구토할 힘도 없이 뻗어버려서 그랬는지도 모르겠다.

잠시라도 속이 편해지면 언제나 잠을 자려고 했다. 깨어
있으면 언제 또 속이 메슥거릴지 몰라서였다. 점점 심해지는

관절의 아픔과 반복되는 구토의 괴로움을 자는 동안만큼은 잊을 수 있었다. 병원에서 나를 편하게 해주는 것은 깊은 잠뿐이었다. 잠에 빠질 때만큼은 토하느라 바짝 힘이 들어가 있던 배의 근육도 느슨해졌다. 구토는 항암치료가 진행될수록 더 심해졌다. 살이 빠지는 만큼 체력이 떨어져 버티기 힘들었던 것인지도 모른다. 한 번의 항암치료가 끝날 때마다 내 일부가 어디론가 증발하는 느낌이었다.

독한 치료를 버티려면 그래도 밥을 좀 먹어야 할 텐데 입맛이 없었다. 입으로 뭔가 들어오는 게 거북한 데다가 음식을 씹는 것조차 귀찮았다. 엄마는 조금이라도 더 먹이려고 "한 숟갈만 더 먹자."면서 밥을 주곤 하셨다. 그 한 숟갈이 두 숟갈, 세 숟갈이 되곤 했다. 그땐 아무리 힘들고 토하고 싶어도 꾸역꾸역 음식을 먹어야 했다. 먹다가 음식 냄새가 역하게 올라오면 옆에 뒀던 통에 급하게 토해냈다. 기껏 먹은 음식을 그대로 뱉으면 엄마는 눈물을 삼키며 식판을 치웠다.

그런데 딱 한 번 정말 먹고 싶은 음식이 있었다. 컵라면이었다. 아침부터 유리창 위로 빗발이 쏟아진 날이었다. 그 날도 온종일 입맛이 없었다. 엄마는 숟가락을 들고서 "한 입만 더 먹자."라고 애원했다. 힘겹게 밥을 삼키고 있는데 옆 침대 아이가 먹고 있는 컵라면 냄새가 솔솔 풍겼다. 비가 와서 유난히 냄새가 짙었다. 그때까지 나는 컵라면을 먹어본 적이 없었는데 엄마에게 컵라면이 먹고 싶다고 졸랐다. 누워서 시름시름 앓으며 떼를 썼다. "과자 줄까?" 엄마가 물어도 "아니, 컵라면 먹을래."하고 한참 실랑이를 벌였다.

점심시간이 한참 지난 오후에 엄마는 나를 휠체어에 태워 옥외 휴게실로 나왔다. 아마 냄새가 나면 다른 아이들이 먹고 싶어 할까 봐 밖으로 나왔을 거였다. 그날 생애 처음 컵라면을 먹었다. 꼬들꼬들하고 짭조름한 면발은 맛이 있었고, 비가 그친 바깥 공기가 상쾌해서 내 기분은 최고였다. 잘 먹는 내 모습을 보고 엄마가 "맛있어?"하고 묻자 나는 "응!"하고 해맑게 대답했다. 나뭇잎 냄새, 흙냄새, 물웅덩이에 비친 맑게 갠 하늘, 새빨간 컵라면. 지금도 그날의 공기를 생생히 기억한다.

내가 힘들어하면 엄마가 슬퍼하니까

처음 골수 검사를 받던 날의 기억은 각인된 것처럼 남아있다. 간호사 언니가 병실에 들어와 내 이름을 부르고는 무슨 검사를 하러 가야 한다고 했다. 엄마는 간호사 언니에게 이것저것 물어보더니 가방을 챙겼다 내려놨다 하며 어쩔 줄 몰라 했다. 지켜보던 간호사 언니가 "그냥 따라오시면 됩니다."하고 안내했다. 엄마는 내 손을 잡고 간호사 언니를 따라나섰다.

두어 개의 병실을 지나 간호사실 맞은편에 위치한 자그마한 방으로 안내되었다. 방안에는 은색의 철제 끌차와 초록색 천, 고동색의 가죽이 씌워진 간이침대뿐이었다. 간호사 언니는 나에게 방 중앙에 있는 간이침대에 올라가 눕자고 하

셨다. 그 삭막하고 좁은 공간이 무서워서 문밖에서 엄마 손
을 꼭 붙잡고 가만히 서 있었다. 내가 움직이지 않자 엄마와
간호사 언니는 금방 끝이 난다며 설득했다. 몇 분간 버티다
가 곤란해 보이는 간호사 언니와 눈물이 맺힌 엄마를 번갈아
바라본 후 별수 없이 방에 들어섰다.

　방안은 서늘했고 어쩐지 스산한 느낌이 들었다. 낯선 공
간에서 알 수 없는 불안에 떨며 침대에 엎드렸다. 잠시 후 의
사 선생님이 들어오고 어른들끼리 뭐라고 속닥대다가 순식
간에 등 위에 초록색 천이 씌워졌다. 곧 우두둑 소리가 들리
더니 참기 힘든 아픔이 찾아왔다. 예상치 못한 고통에 비명
을 내질렀다. 동시에 내 앞에 앉은 간호사가 손가락 끝에 바
늘을 찔러 피를 뽑았다.

　엄마가 나를 이런 사람들에게 넘겼다는 사실이 믿기지
않았다. 쉼 없이 엄마를 불렀다. 나를 구해달라고. 아무리 기
다려도 엄마는 오지 않았다. 그 사실에 충격을 받다가 '이 사
람들은 왜 나를 아프게 하는 거지?'하고 원망하다가 끝내 체
념했다. 얼마나 시간이 지났을까, 울고불고하느라 진이 다
빠졌을 때쯤 움직이지 못하게 나를 붙잡던 손길이 사라졌다.
그러고는 검사가 다 끝났다며 간호사 언니가 나를 침대 밑으

로 내려주셨다.

방문이 열리고, 검사실 문 앞에 선 엄마를 원망 어린 눈으로 쳐다보았다. 다시 본 엄마의 얼굴은 온통 눈물범벅이었다. 눈과 코가 빨개져 있었다. 배신감으로 분노했던 마음이 금세 속상해졌다. '엄마도 어떻게 할 수 없는 일이었구나. 엄마도 힘들었구나.' 안심이 되면서도 슬펐다. 여전히 울고 있는 엄마의 손을 잡고 간호사 언니를 따라 병실로 돌아와 침대에 누웠다. 허리에 받친 모래주머니가 몹시 딱딱했다. 간호사 언니는 "몇 시간 동안 움직이면 안 됩니다."하고 당부했고 엄마는 여전히 눈물을 흘렸다. 그 모습이 너무 슬프다고 생각하며 그대로 잠이 들었다.

골수 검사에 관한 첫 경험이 워낙 강렬해서 다음에 검사실 앞에 섰을 때는 그 방에 들어가길 거부했다. 하지만 결국 들어서서 눕게 되었고, 혼자 각오를 단단히 했다. 하지만 또다시 울고불고 생난리가 벌어졌다. 생전 겪게 될 줄 상상도 못한 그 고문은 익숙해지지 않았다. 검사가 끝나고 밖으로 나오자 엄마의 눈은 또 빨갛게 충혈되어 있었다. 금방이라도 눈물을 왈칵 쏟을 것 같은 표정이었다. 엄마의 그런 모습에 마음이 아팠다. '다음에는 울지 말고 꾹 참아야겠다. 내가 힘들어하면 엄마가 슬퍼하니까.'하고 속으로 다짐을 했다. 그날 침대로 돌아와 누웠을 때 엄마한테 "괜찮아. 안 아파."라고 말하려다가 거짓말인 걸 알아서 결국 하지 않았다. 그때 이 고통이 앞으로 계속될 여정임을 막연하게 예감했던 것 같다.

첫 번째 검사만 해도 일시적인, 단 한 번의 이벤트인 줄 알았다. 두 번째로 하게 되었을 때는 앞으로 계속될 일임을 직감했다. 골수 검사를 내 삶의 일부로 받아들여야 했다. 매번 할 때마다 엄마가 저렇게 울면 어쩌나 싶었다. 어떻게 하면 덜 아플지 고민하기 시작했다. 고심 끝에 아이다운 단순한 생각으로 다른 곳을 아프게 해야겠다 싶었다.

세 번째 골수 검사를 했을 때는 울지 않기 위해 손가락을 손톱으로 아주 세게 눌렀다. 아무리 손가락을 꼬집으며 아프게 해도 등에 바늘이 꽂히는 고통보다 아프지는 않았다. 그래도 등의 고통에 신경 쓰지 않기 위해 "나는 손가락이 아프다. 손가락이 아프다."하고 읊조리며 손가락에 집중하려 했다. 어린 내가 고안한 이 허접한 대처법은 생각보다 효과가 있었다. 세 번째 골수 검사에서는 눈물을 흘리지 않았다. 물론 눈에는 눈물이 맺혔다. 아무리 그래도 아픈 건 아픈 거니까. 그래도 전처럼 서럽게 울지는 않아서 검사가 끝난 뒤 의사 선생님과 간호사 언니가 "잘 참았다."며 칭찬했다.

무엇보다 뿌듯했던 순간은 방을 나서며 엄마의 어리둥절한 표정을 봤을 때였다. 검사실에 들어서기 전부터 눈물을 글썽이던 엄마는 전과 달리 내가 울지 않아서 놀란 것 같았다. 아프지 않았냐는 물음에 "괜찮아, 참을 만했어."하고 대답했다. 조금 더 씩씩해지고, 한 뼘 더 성장한 순간이었다.

TV 채널 쟁탈전

소아과 병실의 창가 테이블에는 소형 텔레비전이 놓여 있었다. 자판기처럼 동전을 넣는 구멍이 있었는데, 돈을 넣으면 딱 그 시간만큼 텔레비전을 볼 수 있었다. 텔레비전은 병원에서 보내는 무료한 시간을 달래주었기 때문에 채널을 놓고 은근한 눈치 싸움이 생겼다.

보통 채널 선택권은 돈을 넣은 아이가 가졌다. 동시간대 여러 채널에서 만화영화가 방영되던 때라서 리모컨을 쥔 아이의 취향에 따라 만화영화를 보게 되었다. 내가 좋아하는 만화를 볼 때면 좋았지만, 로봇 시리즈물이 방영될 때면 텔레비전을 보지 않고 그냥 자는 걸 택했다.

무료한 것은 어른들도 똑같았기 때문에 가끔은 보호자와

아이 사이에 은근한 신경전이 벌어지기도 했다. 어른들은 주로 드라마나 뉴스를 보고 싶어 했고 아이들은 당연히 만화영화를 보고 싶어 했다. 미묘한 채널 쟁탈전을 보고 있노라면 하는 것 없이 지칠 때도 있었다.

입원 초반에만 해도 중증 아이들이 머물던 소아과 병실 두 곳에만 텔레비전이 있었다. 백 원을 넣으면 10분 동안 시청할 수 있어서, 보통은 오백 원을 넣고 50분 정도 보곤 했다. 시간이 지나면서 다른 병실에도 텔레비전이 생겼다. 일반 병실에서는 항상 드라마나 뉴스를 틀었다. 그래서인지 소아과 병실에 머물던 부모님들은 텔레비전이 보고 싶어지면 슬쩍 다른 병실로 갔다.

나는 잠에서 깼을 때 엄마가 곁에 없으면 상당히 짜증을 냈다. 옆 침대 아주머니에게 "우리 엄마는요?"하고 묻거나 불러 달라고 말할 용기는 없었다. 그래서 마냥 기다리다가 엄마가 돌아오면 어디 갔다 오냐며 신경질을 냈다. 그래서 엄마는 내 곁에서 좀체 떨어지지 않았다. 딸이 자는 사이에 잠깐 텔레비전 보러 갔을 뿐인데…. 나 또한 지루하고 심심했기 때문에 곁에 없는 엄마에게 더 화를 냈는지도 모르겠다.

시간이 흐르면서 텔레비전에서 동전 넣는 부분이 뜯겼

다. 동전 보관함을 열어놔서 거기 든 돈을 다시 투입구에 넣고 텔레비전을 볼 수 있게 되었다. 누가 돈을 넣느냐 하는 눈치 싸움은 없어졌고, 리모컨을 먼저 집는 사람이 채널 선택권을 가지게 되었다. 그러다 보니 리모컨을 잡고 몇 시간째 자기 마음대로 채널을 고르는 아이 때문에 짜증 나는 일도 있었다.

　나중에는 돈을 넣지 않아도 볼 수 있는 텔레비전이 들어왔지만, 밤 10시가 되면 자동으로 꺼지는 건 여전했다. 환자들이 쉬어야 한다는 병원 방침에 따라 10시 정각에 수신이 뚝 끊겼다. 소아과 병실에서는 아이들을 일찍 재우기 위해 보통 9시쯤 텔레비전을 껐다. 다시 시청이 가능한 시간은 아침 8시부터였다. 7시 30분쯤 아침밥을 먹고 나면 '언제 텔레비전을 볼 수 있을까?' 학수고대했다.

　자는 아이들이 항상 있었기 때문에 병실에서는 밥 먹는 시간을 제외하면 낮에도 형광등을 잘 켜두지 않았다. 밝은 곳에서 텔레비전을 보고 싶은 나로서는 그 점이 괴로웠다. 자는 아이들이 많던 어느 오후 나는 볼륨을 작게 하고 눈치를 보며 텔레비전을 봤다. 병실은 어둡고, 소리는 잘 안 들려서 눈으로 영상만 보는 게 답답하기 짝이 없었다. 나는 소심해서 그렇게 봤지만, 누가 자든 말든 개의치 않고 소리를 크게 틀고 시청하는 아이도 있었다. 그러면 '나는 배려하는데, 쟤는 왜 안 해?'하는 마음에 억울하기도 했다.

형광등을 잘 켜두지 않는 병원 생활은 그래도 텔레비전을 볼 때는 그럭저럭 괜찮았다. 진짜 답답한 건 책을 볼 때였다. 나는 책을 보고 싶은데 병실의 부모님들이 번갈아 가면서 병실 안의 형광등을 껐다. 자기 아이가 자고 있기 때문이었다. 그럼 다시 불을 켜달라는 말을 할 수가 없어서 그냥 어두침침한 상태로 책을 봤다. 쉽게 눈이 피로해졌고, 그러면 신경질이 나서 읽던 책을 덮어버리고 나도 잠을 청했다.

정말 이상하게도 내가 잘 때는 누군가 자꾸 불을 켰다. 내가 잠들어서 엄마가 불을 끄면, 어둡다고 불을 켜라고 말하는 사람이 꼭 있었다(지금에 와서 생각해보면 다른 아이들도 상황은 비슷했을 것 같지만). 그러면 엄마는 다시 형광등을 켜고, 내 침대에 커튼을 쳤다. 빛이 조금이라도 덜 들어오게 하려는 것이었다. 실내가 밝으면 잠들기가 쉽지 않았다. 잠을 자도 옅게 자니 작은 소리에도 자꾸 깼다. 그래도 불을 꺼달라는 말을 하지는 못했다. 이렇게 작은 일들이 쌓여서 감정이 상하기도 했지만 다들 참고 지냈다.

단지 건강하게 자라는 것

아픈 아이는 응석받이로 자랐다. 부모가
아이에게 바라는 게 건강하게 자라는 것 외에는 없기 때문이
다. 간혹 아픈 아이에 대한 안타까움을 장난감을 사 주는 것
으로 대신하는 부모도 있었다. 한번은 그런 아이와 같은 병
실에 입원했다. 그 아이의 부모님은 아이가 갖고 싶다는 건
다 사 줬고, 먹고 싶다 하는 과자며 음식도 모두 사 줬다. 나
는 그 아이가 가진 다른 장난감에는 관심이 없었지만 딱 하
나 낚시 장난감에 흥미가 갔다.

하루는 낚시 장난감을 빌려서 놀았는데, 5분도 지나지
않아 그 아이가 떼를 써서 다시 돌려줘야 했다. 아이는 "나
낚시 장난감 지금 할래! 가져와!" 하면서 짜증을 냈다. "너 저

거 안 갖고 놀았잖아. 다른 장난감 가지고 놀도록 해."하고 아이 엄마가 말했지만 막무가내였다. 곤란해하는 아이 엄마의 표정에 금방 장난감을 돌려주고는 못내 아쉬워했다.

그 아이는 그 뒤로 더 예민하게 장난감을 챙겼다. 아이 엄마가 낚시 장난감을 치우려고 가져가면, 또 내게 빌려줄까 봐 그런지 "그거 이리 내! 할 거야!"하고 말하며 완전히 꽁꽁 싸매고 놀았다. 기분이 나빠져서 그 아이는 물론이고, 아이의 장난감에도 더는 관심을 가지지 않았다. 그 아이의 침대에 올라가서 같이 장난감을 갖고 노는 아이들도 있었는데, 아이는 함께 놀다가도 다른 아이가 재미있게 가지고 노는 장난감을 냉큼 가져갔다. 그러고는 싫증이 난 장난감을 들이밀었다. 그런 식이니 다른 아이들도 점점 그 아이 곁에 가지 않게 되었다.

결국 혼자 놀게 된 아이는 "엄마, 나 심심해."하고 투덜댔다. 그러면 아이 엄마는 아이를 휠체어에 태워 산책하러 나갔다. 그 모습을 보며 '아마 매점에 가는 걸 거야.'하고 생각했다. 실제로 나갔다 오면 늘 과자를 잔뜩 사 왔다. 아이는 과자를 사 오면 부산스럽게 움직였다. 그 아이는 이것 좀 보라는 듯 자랑스럽게 과자를 늘어놓았고, 그 모습을 본 병실 아이들은 각자 엄마에게 "나도 과자!"하고 졸랐다.

하루는 나도 엄마에게 과자를 사 달라고 보챘다. 드문 경우였다. 건강에 대한 염려 때문이었는지 우리 집은 간식으로 과일을 먹었고, 과자류를 먹는 일은 드물었다. 과자를 사 달라고 하면 엄마의 표정이 묘하게 굳어졌기 때문에 '과자는 엄청 비싸구나.'하고 혼자 생각했다. 그날은 비스킷을 사 먹었는데, 막상 먹으니 별맛이 없어 몇 조각 집어 먹지도 않고 그대로 서랍에 넣어두었다. 아마 항암치료 중이라 입맛이 떨어져서 그랬을 거였다. 며칠 동안 조금씩 나눠 먹으면서 '과자라는 게 그 애가 먹을 땐 맛있어 보였는데 실제론 별거 아니네.' 했다.

한번은 노래 부르는 것을 좋아하는 아이와 같은 병실을 썼다. 그 아이는 늘 노래를 흥얼거렸다. 하루는 같은 병실을 쓰던 다른 아이의 보호자가 "앞에 나가서 노래 한번 불러봐라, 잘하면 용돈 줄 테니까."하고 말했다. 아이는 냉큼 병실 중앙으로 나가 노래를 부르기 시작했다. 들썩들썩 춤까지 춰가며 생글생글 웃는 아이의 눈은 생기로 빛나고 있었다. 내게 노래를 불러보라고 했으면 괴로웠을 텐데, 그 아이는 진심으로 무대를 즐기고 있었다. 반응이 좋으니 한 곡을 더 불렀다. 간호사 언니도 들어와 웃고, 옆 병실 어른들도 구경을 왔다.

부끄러움이 많았던 나는 남 앞에 나서기를 겁내지 않는 그 아이가 무척 신기했다. 그때 이후로 그 아이를 다시 만나지는 못했다. 나와 입원하는 시기가 달랐던 건지, 다른 병원으로 가버린 건지, 아니면 완치를 한 것인지, 그도 아니면… 다른 세상으로 가버린 건지 알지 못했다. 마지막 이유만 아니길 바랄 뿐이다.

바깥 바람이 좋아서

　　　　　　　　병원 옥외 휴게실은 소아과 병실과 같은
6층에 있었다. 나무와 작은 매점이 있는 공간이었다. 환자와
보호자들은 바깥 바람을 쐬고 싶을 때면 옥외 휴게실에 나왔
다. 담배 피는 어른들로 인해 담배 연기가 심했기 때문에 소
아과 병실 보호자들은 아이를 잘 데려가지 않았다. 엄마는
담배 피는 사람이 적은 시간대에 나를 데려와서 10분 정도
짧게 머물렀다. 가서 뭘 하는 건 아니었다. 그냥 건물 사이로
들어오는 햇볕을 쐬었다. 병실 안이 갑갑해서 숨 쉬는 것조
차 버겁게 느껴질 때면 옥외 휴게실에 나와서 포근한 햇살,
산들바람을 느끼고는 했다. 지긋지긋한 약 냄새에서 벗어나
잠시나마 신선한 풀 향기를 맡는 게 좋았다.

옥외 휴게실에 가려면 휠체어를 타야 했기 때문에 사실 조금 번거로웠다. 그래서 엄마에게 자주 나가자고 하지는 않았다. 휠체어를 구하는 것부터 꽤 어려워서 그랬다. 소아과 병실 두 곳에 배정된 휠체어는 두 대뿐이었다. 대기 상태인 휠체어를 마주하는 건 어려울 수밖에 없었고, 검사를 가려 해도 휠체어가 돌아올 때까지 기다려야 했다. 그래서 당일 검사가 예정되어 있으면 오전부터 미리 침대 곁에 휠체어를 가져다 놓고는 했다. 정말 급하게 검사를 하러 가야 하는데 휠체어 두 대가 모두 없으면 간호사들은 다른 병실 휠체어, 보통 어른 병실의 휠체어를 잠시 빌려 왔다. 사정이 그렇다 보니 산책을 위해 휠체어를 사용하는 건 꽤 눈치가 보였다.

그래도 날이 좋을 때면 눈치껏 휠체어를 타고 옥외 휴게실로 나갔다. 그런 날은 밖에서 맞는 시원한 바람이 좋아서 엄마에게 나가자고 조르고는 했다. 그런데 추운 날은 감기에 걸린다고, 더운 날은 열사병 위험이 있다며 안 된다고 할 때가 많았다. 막상 밖으로 나가게 되어도 엄마가 휠체어를 미는 게 힘들 테니 계속 타고 돌아다니자고 떼를 쓸 수가 없었다. 그래서 엄마가 "이제 들어갈까?"하고 물으면 그저 "응."하며 대답하고 말았다.

나는 휠체어를 타고 병원 2층 대기실을 돌아다니는 걸 좋아했는데, 낮에는 외래 환자로 북적여서 방문할 수 없었다. 사람 많은 곳은 감염 위험이 높다는 말을 자주 듣게 되면서 자연스레 사람이 붐비는 곳을 피하게 되었다. 밤이 되면 병원 2층도 한산해졌다. 입구 맞은편에 트인 계단으로 바람이 들어와 대기실은 기분 좋게 선선했다. 아주 가끔 컨디션이 좋은 날은 1층에 내려가기도 했다. 찬 바람을 쐬면 좋지 않다는 이유로 자주 가본 건 아니었다. 감기에 걸려서 열이라도 나면 항암치료가 일시 중단되었고 퇴원하기까지 걸리는 시간도 한참 늘어나게 되므로 당연했다.

드물게 주말에 외출하게 될 때가 있었다. 병원 밖으로 나가는 순간에는 기쁨을 맛보지만, 곧 다시 돌아가야 한다는 생각에 이내 울적해졌다.

당시 내가 알고 있었던 것은 '아픈 아이'라는 분명한 위치뿐이었다. 그래서 이 치료 과정을 벗어날 수 있으리란 기대가 전혀 없었다. 그 모든 일이 내게 주어진 당연한 삶이었다. 아마도 다른 삶을 몰랐기 때문에 그랬을 것이다. 보통의 여덟, 아홉 살이 어떻게 지내는지 나는 알지 못했다.

언제였던가, 같은 병실에 입원한 아이가 주말 동안 외출했다. 그 아이가 일상복으로 갈아입으며 신나서 나갈 채비하는 걸 부러운 눈으로 지켜보았다. '나도 집이 가까우면 주말마다 집에 갈 수 있을 텐데.' 생각하면서. 그날 밤에는 눈이 왔다. '저 아이는 집에 가니까 눈도 밟아보겠네. 나도 창문을 통해서가 아니라 직접 눈발이 흩날리는 풍경을 보고 싶다.'라는 생각도 했다.

눈이 내려서 하늘이 흐렸다. 형광등을 켜놓아도 병실이 어두웠다. 날씨 때문인지, 외출하는 아이 때문인지 기분이 울적했다. 유난히 가라앉은 기분에 엄마에게 충동적으로 "눈이 보고 싶어."하고 졸랐다. 휠체어를 타고 6층 옥외 휴게실에 나가자고 조르니 엄마는 날씨가 추워서 감기에 걸릴 수 있다며 안 된다고 말했다. 그래서 또 잠을 잤다. 깨어났을 때 밖에는 여전히 눈이 내리고 있었다. 저녁밥을 먹은 후 다시 "엄마, 눈 보고 싶어. 진짜 잠깐만 옥외 휴게실에 나갔다가 들어오면 안 돼?"하고 반쯤 체념한 상태로 졸랐다.

잠시 고민하던 엄마는 나를 휠체어에 앉히고는 이불을 꽁꽁 둘러 얼굴만 조금 나오게 감쌌다. 그 상태로 옥외 휴게실 대신 1층 로비로 내려갔다. 곧장 회전문을 나가 병원 입구에 자리 잡고 눈 내리는 풍경을 멍하니 바라보았다. 잊고 있던 아이다운 천진함을 되찾은 느낌이 들었다. 노출된 얼굴에 닿는 찬 바람이 기분 좋았다. 갑갑한 병실에서 벗어나 상쾌한 바깥 공기를 쐬자 속이 탁 트였다. 고요하고 정적인 밤이었다. 그 순간의 모든 것이 나를 행복하게 했다.

소아과 병동의 크리스마스

크리스마스가 되면 병원에서도 평소와 다르게 술렁이는 공기를 느낄 수 있었다. 특별한 날이면 어른들은 유난히 친절했다. 아이들에게 무언가를 해주고 싶어 했다.

나는 크리스마스에는 집에 갈 수 있을 줄 알았는데 가지 못해서 실망이 컸다. 병원은 평소보다 조용했다. 다들 크리스마스 기분을 낸다고 외출해 빈 침대가 많았다. 건너편 침대의 아이는 1박 2일 동안 외박을 했다. 간호사가 그 아이에게 맛있는 거 많이 먹고 재미있게 놀고 오라고 인사했다. 그모습을 부러워하면서 보았다.

소아과에서 외박이나 외출 허락을 받는 것은 상당히 힘

든 일이었다. 치료 중이라면 더더욱. 잘못해서 감염되거나 열이 오르거나 하면 치료를 할 수 없기 때문이었다. 크리스마스같이 특별한 날은 많은 사람이 밖으로 쏟아져 나오기 때문에 더욱 위험했다.

아픈 아이는 사람 많은 곳에 가는 것도 조심스럽기 마련이었다. 면역력이 떨어진 상태로 어떤 병이 올지 모르니까. 단순히 감기가 무서운 것이 아니었다. 원래 앓고 있는 병과 결합해 생기는 합병증까지 고려해야 했다. 그래서 외박하는 아이는 병실 모든 아이의 부러움을 샀다. 그런 날은 병실에서 그 아이만 신이 났다. 링거를 빼고 옷을 갈아입고 웃음소리마저 경쾌했다.

상대적 박탈감 때문인지 병실에 남은 아이들은 평소보다 웃음을 잃었다. 집에 가고 싶다고 울면서 떼를 쓰는 아이도 있고, 어차피 못 나갈 것을 아니까 외출 대신에 원하는 것을 쟁취하는 아이도 있었다. 아이들은 영악해서 평소에는 절대 사 주지 않을 간식도 특별한 날에는 쉽게 얻을 수 있다는 걸 알았다. "엄마, 과자 먹고 싶어."하고 조르면 평소와 달리 쉽게 내어줬다. 그리고 나처럼 한없이 자는 아이도 있었다. 나는 시간이 빨리 흐르길 바라며 자고 또 자는 아이였다.

그날은 눈이 오려고 했는지 바깥이 온통 회색빛이었다. 형광등을 켜지 않으면 낮에도 병실 안이 상당히 어두웠다. 병원 어느 곳을 가나 크리스마스 장식이 반짝였는데, 병실로 돌아오면 한없이 처지는 분위기였다.

　그날 오후 소아과 병동에는 산타클로스가 나타났다. 그때까지 나는 산타 할아버지가 어떤 존재인지 몰랐다. 이벤트를 잘 챙기지 않는 우리 집에서는 산타 할아버지를 접해본 일이 없었다. 산타 할아버지를 몰랐기 때문에 단순히 어른들이 우리에게 해주는 이벤트라고 여겼다. '그냥 어떤 사람이 변장했구나.'하고. 그래서 선물을 주겠다며 커다란 흰 천으로 된 포대를 내 앞에 들이밀었을 때는 의아했다. 뭘 팔러 왔나 싶었다. 그래서 선물을 고르라는 산타 할아버지를 빤히 쳐다보기만 했다. 엄마가 하나 쥐어 준 다음에야 손으로 받아들었다. 그때까지도 엄마가 특별한 날이니까 선물 하나 사 주려나 보다 했다. 다행히 산타는 돈을 안 받아 갔다. 옆 병실에서 한 아이가 "○○○ 선생님이다!"하고 까르르 웃는 소리가 들렸다.

집의 냄새, 집의 공기

퇴원하고 집으로 돌아온 첫날은 쉬이 잠들지 못했다. 한참 동안 눈을 껌뻑껌뻑하며 천장을 바라보았다. 갑자기 바뀐 환경과 더불어 집으로 돌아왔다는 설렘 때문에 잠들지 못하고 이리저리 뒤척였다. 우리 집 냄새를 맡고 우리 집 공기를 느끼면서 한참을 붕붕 들뜬 기분으로 있다가 잠이 들곤 했다. 다음 날 아침 눈을 뜨면 "아, 집에 돌아왔구나."하며 그때서야 '집에서의 나'가 활동을 시작했다. 집에서의 일상은 별다를 게 없었다.

친언니와 동네 아이들이 학교에 간 낮 시간에는 혼자 놀이터에서 놀았다. 놀이터에는 정적이 내려앉았고, 무얼 해도 정적인 느낌이었다. 혼자 내려오는 미끄럼틀, 혼자 매달리는

철봉, 혼자 타는 그네, 혼자 하는 모래 놀이, 혼자 하는 꽃
점···. 나는 혼자였다.

제일 좋아했던 건 그네에 앉아서 하늘을 바라보는 거였
다. 하늘이 높고 맑은 날은 유난히 기분이 좋았다. 멍하니 그
네를 흔들며 하늘을 보고 있으면 오가는 동네 어른들이 말을
걸어왔다. 부끄러움이 많았던지라 어른들의 관심이 부담스
러웠고, 이내 집으로 돌아오곤 했다.

당시 살던 동네는 아빠의 고향이었다. 그래서 마을 사람
대부분이 내가 아프다는 것을 알고 있었다. 굳이 알릴 필요
도 없이 동네가 좁았기 때문에 다들 알았다. 동네 어른들은
안타까워하고 가끔 혀를 차기도 했다. "어린 게 어쩌면 좋
누."로 시작되는 말에 어떻게 반응해야 할지 알 수 없었다.
내가 무얼 잘못했는지 알지 못했다. 어른들이 그런 대화를
나누면 그 옆에서 혼자 안절부절못했지만, 사람들은 대체로
친절했다. 아픈 아이는 많은 어른의 보살핌과 배려를 받는
법이었다. 물론 그게 본인이 원하는 형태는 아니더라도.

원치 않는 주목을 받으며 지내서인지 평범한 아이처럼
살고 싶었다. 눈에 띄지 않고 자연스레 무리에 섞일 수 있는
동네 아이 중 한 명이고 싶었다. 학교에 가지 않는 것만으로

그건 불가능했지만. 동네 아이들과는 항암치료를 시작하면서부터 자연스레 사이가 멀어졌다. 아이들이 학교로 갈 때 나는 병원에 가야 했다. 생활이 달랐고, 나는 체력이 약한데다 할 줄 아는 놀이도 많지 않았기 때문에 아이들과 잘 어울리지 못했다. 다행히 순박한 시골이어서 괴롭힘을 당하진 않았지만, 아이들 사이에 유행하는 놀이를 따라잡지 못했다.

집에 오면 대부분 잠을 자거나 책을 읽었다. 쉽게 피곤해졌기 때문에 낮에는 항상 잠을 자고는 했다. 자주 배가 고팠는데 아마 외로움 때문이었을 것이다. 문득문득 스미는 헛헛한 마음. 부모님은 일을 나가고, 두 살 터울의 언니는 학교에 가고, 네 살 어린 남동생은 유치원에 갔다. 나는 집에서 할머니와 있었다. 세상은 내게 생존하는 것 외에는 요구하지 않았다. 나는 그저 시간 속에 존재할 따름이었다. 흘러가는 대로 그렇게.

동정이 나를 더 아프게 했다

암 수술 후 병원을 오가며 항암치료를 받다가 아홉 살이 되었다. 그 무렵 학교 방송부에서 집으로 촬영하러 온 적이 있었다. 그날따라 집안 분위기는 어딘가 붕떠 있었다. 아침 식사를 하고 몇 시간이나 흘렀을까, 집 마당에 많은 손님이 찾아와 북적였다.

거실로 나와서 어른들에게 인사를 하면서 손님 중에 아이들이 있다는 걸 발견하게 됐다. 어른들과 같이 온 자녀이겠거니 했다. 무얼 준비하는지 부산스럽더니 카메라가 설치됐다. 처음 본 카메라가 신기해서 구경하고 있는데 언니 한명이 다가왔다. 학교 방송부의 아나운서였다.

다가온 상급생 언니는 자신만만한 태도로 말을 걸어왔

다. 정확히 기억나진 않지만 "오늘 방송을 촬영해서 널 도와줄 거야. 병원비를 마련해줄게." 이런 말이었다. 좋은 의도였을 테지만, (내가 느끼기에) 그 자신만만한 말투와 뻐기는 표정이 심기를 건드렸다.

그제서야 오늘 찾아온 손님들의 목적이 나라는 것을 알게 되었다. 정확히는 금전적 도움이 필요한 '아픈 아이'인 나였다. 불쌍한 애를 도와준다는 자부심 넘치는 표정에 왜 그렇게 마음이 상했을까. 고맙게 여기라는 말투에 순간 뭔지 알 수 없는 감정이 울컥 치솟았다. 금세 눈가가 붉어졌다.

그러니까 나는… 상처받은 거였다. 또래의 동정을, 노골적인 동정을 받은 것은 그때가 처음이었다. 당시의 나로서는 정확히 표현할 수 없는 분노가 치밀었다. 그 상급생 언니에게 뭐라고 쏘아붙이고 싶었지만 울분이 목울대까지 가득 차 말로 뱉어지지 않았다. 체한 듯 가슴이 답답해졌고, 어느새 몸에는 열이 올랐다. 눈물을 삼키자 상급생 언니는 자신의 말에 감동해서 그런 거라 착각한 것 같았다. "괜찮아, 울지 마."라며 나를 달랬다. 목이 꽉 틀어막혀 대꾸할 수 없어서 그냥 상급생 언니를 째려보았다. 그제야 어색해진 분위기를 눈치챈 상급생 언니는 촬영 준비로 분주한 현장으로 황급히 돌아갔다. 지금 생각해보면 그 상급생 언니도 초등학생이라 세심하게 남을 배려하기에는 어린 것뿐이었다. 하지만 똑같이 어린아이였던 나는 그 의도와 상관없이 상처받았고, 그래서 울분에 가득 차서 엄마에게 다가갔다.

　곁에 서서 "엄마…"하고 불렀지만, 엄마는 학교 관계자들과 대화를 하느라 한창 바빴다. 그저 내 손을 꼭 잡은 채 어른들과 계속 이야기를 나눴다. 조용히 엄마 곁에 서 있을 수밖에 없었다. 그때 나는 무얼 말하고 싶었을까? 그게 뭐든 고자질하고 싶었던 것은 분명했다. 알 수 없는 서글픔에 "네가 뭔데…." 같은 말을 혼자 속으로 읊조리며 서 있었다. 그 순간에는 내 불행이 상급생 언니의 자존감을 높이는 행복이 된 것 같았다.

　이윽고 방송 촬영이 시작되었다. 소란스러움이 가신 거실에서 인터뷰를 했다. 처음에는 아나운서인 상급생 언니가 질문해서 아무 대답도 하지 않고 노려보기만 했다. 나와 상급생 언니 사이 분위기가 이상하자 어른들이 개입했다. 결국 인터뷰는 학교의 방송부 담당 선생님이 했다.

인터뷰 도중에 '동정'이 키워드로 떠올랐다. 안타깝다는 듯 쯧쯧 혀를 차는 소리가 생생히 들려왔다. 측은하다는 듯 바라보는 사람들의 시선에서 뾰족한 가시가 나와 내 속을 마구 찔렀다. '내가 불쌍한 아이라니….'하고 충격을 받았다. 그런 식으로 나를 볼 수 있다는 걸 한 번도 상상해보지 못했다. 새롭게 깨달은 사실에 어깨가 더욱 굽었다.

그날 나는 내 존재에 좌절한 듯 싶다. 어느새 나를 불태우던 분노가 사라지고 허탈했다. 온몸에 힘이 빠져나갔고 그만 자고 싶었다. 눈에 띄게 힘이 없어진 내가 걱정되었던지, 엄마는 나에게 방에 가서 누우라고 하셨다. 나는 몸이 약한 아이였기 때문에 다들 무리했다고 여겼다. 큰방으로 들어가 엄마가 깔아준 자리에 누웠다.

거실에서 인터뷰하는 엄마의 목소리가 들렸다. 엄마는 울먹이고 있었고, 그래서 다시 한번 내가 '불쌍한 아이'라는 사실을 확인받게 되었다. 그제야 눈물이 났다. 울음소리가 새어나가지 않게 조심하면서 베개가 점점 젖어갔다. 속으로 '내가 왜… 내가 왜… 내가 왜….'라며 되물었다. 사람들의 목소리는 멀어지고 마음속 목소리는 커졌다. '나 불쌍한 아이야?' 그런 생각을 반복하다가 지쳐 어느 순간 잠이 들었다.

처음으로 '나는 다른 아이들과 다른…가?'하는 의구심을 가지게 된 날이었다. 주변의 아이들과 나의 하루는 달랐지만, 그동안은 그걸 이상하다고 여겨본 적이 없었다. 내게 있어 병원에서 치료받는 것은 너무나 당연한 일이었으니까. 어떤 의문도 의심도 품어본 적 없을 만큼. 그날 낯선 또래의 동정을 받게 되면서 나의 당연한 일상에 균열이 발생했다. '나는… 달라?'

나 바보가 되는 걸까

아홉 살 때 학교에 간 것은 단 하루뿐이었다. 학기 초 새로운 반에 배정되어 2학년 1반 담임 선생님을 만난 다음 어수선한 분위기 속에서 교실로 갔다. 교실에 도착해서는 선생님이 알려주신 대로 2분단 맨 끝자리에 앉았다.

잠시 후 교탁 앞에 불려가 낯선 얼굴의 반 친구들에게 작게 "안녕?" 인사하고 내 이름을 소개했다. 내게 쏠린 시선이 부담스러워 입을 꾹 다물고 경직된 상태로 서 있었다. 담임 선생님은 내가 아파서 학교에 자주 오지는 못할 거라고 설명하고는 잘해주자고 당부했고, 반 아이들은 선생님을 따라 손뼉을 쳤다. 얼굴이 벌겋게 달아올랐고, 어서 빨리 자리에 가

서 앉고만 싶었다. 불안하게 뛰던 심장이 제자리를 찾고서야
반 친구들의 얼굴이 보였다. 힐끔힐끔 나를 뒤돌아보는 아이
중에서 낯익은 얼굴은 한 명뿐이었다. 1학년 때 같은 분단에
앉았던 여자아이였다. 반년이 넘어서 만나게 되어 사실 그
애가 맞는지도 확신할 수 없었다.

쉬는 시간이 되자 반 아이들이 말을 걸며 다가왔지만, 어
쩐 일인지 목이 메어 말을 할 수 없었다. 별수 없이 가만히
고개만 숙이고 있었다. 아이들은 내 주변에 동그랗게 둘러서
서 호기심 어린 눈으로 쳐다보았다. 악의는 없었지만 주목받
는다는 사실이 부담스러웠고, 마치 동물원 원숭이가 된 것
같았다. 내가 대답이 없자 이것저것 물어보던 아이들도 다음
쉬는 시간부터는 찾아오지 않았다.

시선에서 벗어난 것은 다행이었지만, 이곳에서 뭘 해야
할지 알 수 없었다. 수업은 따라갈 수 없었고, 체력은 급격히
떨어졌다. 쉬는 시간이 되면 무리에 섞이지 못하고 동떨어진
내 모습이 처량하게 느껴져 책상에 엎드려 팔을 베고 눈을
감았다. 수업 시간에는 칠판을 멍하니 쳐다보다가 눈꺼풀이
무거워져서 눈치를 보며 엎드렸다. 선생님과 아이들 모두 그
런 내 모습을 신경 쓰지 않았다. 귓가로 선생님의 목소리가

들려왔다. 선생님이 말하는 게 무얼 의미하는지 알아들을 수 없었다. 졸음이 몰려왔다.

그날 점심시간 전에 엄마가 와서 조퇴하고 함께 집으로 돌아왔다. 교실을 나서기 전에 다시 한번 교탁 앞에 서서 반 친구들에게 인사해야 했다. 무슨 말을 해야 하는지 알 수 없었다. "잘 가."란 말은 내가 먼저 가니까 아닌 것 같아서 또다시 "안녕…."이라고 인사했다. 어서 빨리 이곳을 벗어나 집에 가서 자고 싶은 마음뿐이었다. 집으로 가자마자 피곤해서 밥도 먹지 않고 잠이 들었다. 익숙한 이불 속에서 마음이 안정됐다. 그때는 학교에 가는 게 어떤 의미인지 전혀 알지 못했다. 평소랑 다른 날이었고, 하루 동안의 이벤트라고 여겼다.

그다음 학교에 간 건 다시 1년이 지나 3학년이 되어서였다. 작년과 크게 다를 바 없는 하루였다. 학교에 다녀야 한다는 개념이 없었기 때문에, 1년 전처럼 하루만 교실에서 보내면 되는 줄 알았다. 그때처럼 새로운 담임 선생님과 반 친구들에게 인사하고 오면 된다고. 그래서 '하루만 버티면 돼.' 하면서 낯선 사람들과 낯선 공간에서 버텼다. 마침내 집에 가게 되었을 때는 안도의 한숨을 내쉬었다.

　다음 날 '또' 학교에 가야 한다는 엄마의 말을 들었을 때는 동공이 급격히 흔들렸다. "왜 또 가?"하고 물었을 때 엄마는 학교는 원래 매일 가야 하는 곳이라고 말했다. 그때까지 내게 있어 원래 가야 하는 당연한 장소는 병원뿐이었다. 쉽게 납득이 가지 않았다. 초등학교의 '의무교육'을 알기도 전에 병원에 가야 할 '의무치료'를 더 잘 알았다. 꼭 가야 하냐고 몇 번씩 되물었지만, 꼭 가야 한다는 답변이 돌아왔다. 혼란스러웠지만 그렇게 며칠 더 학교에 갔다.

　그 며칠 동안 교실에서 혼자 있었다. 반 친구들과 어울리지 못했는데, 2학년 때와는 달리 아이들의 시선에는 호감만 있지 않았다. 늦되긴 했지만 비꼬는 말들을 못 알아들을 정도는 아니었다. 왜 이런 미움을 받는지 알지 못했다. 점점 학교에 가기 싫어졌다. 많은 아이 사이에 나만 혼자라는 사실을 깨달았다. 그전까지 외로움을 명확히 인식한 적은 없었는데, 처음으로 혼자 있는 내가 가련하다는 생각이 들었다. 같이 놀고 싶어서 아이들이 노는 모습을 힐끗거렸다. 먼저 다가가서 말을 걸 용기는 없었고, 첫날 이후 내게 말을 거는 아이들도 더는 없었다. 온종일 움직이지 않는 선인장처럼 의자에 앉아 있었다. 존재가 투명해진 느낌이 들었다. 병원에서는 간호사 언니와 의사 선생님이 다가왔고, 또 엄마가 곁에 있었기 때문에 나는 항상 그곳에 존재했는데, 학교에서 나는 존재하지 않는 사람이 된 것만 같았다.

　마지막으로 등교하던 날을 기억한다. 그날 아침 엄마에게 "학교에 가기 싫다."라고 말하자, 그래도 가야 한다고 나를 달랬다. 가기 싫어도 가야 한다고 했다. 울면서 떼를 썼지만 결국 학교에 가게 됐다. 아침부터 울어서 눈이 퉁퉁 부었다. 반 아이들이 내가 운 걸 알까 봐 책상에 계속 엎드려 있었다. 서서히 열이 오르기 시작했다. 엎드려 있으면서도 호흡이 거칠어지는 게 느껴졌다.

　짝꿍이 내게 괜찮냐고 말을 걸어왔다. 그래서 그곳에 내가 존재한다는 걸 알았다. 걱정해주는 그 아이에게 고마운 마음이 들었다. 짝꿍에게는 괜찮다고 말했지만, 상태가 점점 나빠지는 게 느껴졌다. 짝꿍의 목소리를 들은 주변 아이들도 걱정스레 쳐다보았다. 처음으로 무리에 속한 느낌이 들었다. 차갑게만 느껴졌던 아이들이 비로소 따뜻해졌다. 학교도 나쁜 곳은 아니라는 생각을 했다. 주변 아이들이 수업하러 들어온 담임 선생님에게 내가 아픈 것 같다고 말했고, 이마에

열을 재보던 선생님은 안 되겠다며 집에 전화했다. 놀라서
달려온 엄마의 등에 업혀서 교실을 나서는데 의식이 점점 흐
려졌다. 결국 쓰러졌고 고열에 시달려야 했다.

그날 밤 몽롱한 정신으로 엄마와 아빠가 다투는 소리를
들었다. 아빠는 애를 왜 학교에 보냈냐고 화를 냈고, 엄마는
그럼 애를 바보로 만들 거냐면서 화를 냈다. 멍한 정신에도
'아, 학교에 가지 않으면 바보가 되는구나.'하고 처음 안 사실
을 새겼다. 며칠이 흐르고 열이 완전히 내렸지만, 부모님은
학교에 더 보내지 않았다. 학교에 대한 호감이 조금 생겼지
만 가고 싶지 않다는 마음이 훨씬 커서 굳이 묻지는 않았다.
하지만 내심 걱정되기도 했다. '나 바보가 되는 걸까.'하고.
그래도 집에 있는 게 마음 편하니까 학교에 다시 가겠다고
말하진 않았다. 어쩌면 학교에 가기 싫었기 때문에 그날 몸
이 아팠는지 모른다는 생각도 가끔 들었다. 흔히 학교에 가
기 싫어하는 아이들의 꾀병과 달리 스케일이 꽤 컸지만.

모두가 아는 그 아이

　　마침내 4학년이 되었을 때는 항암치료가 끝나고 정기 검진을 받고 있었다. 그동안 학교에 거의 등교하지 않았음에도 또래와 같이 학년이 올라갔다. 그동안 내 책상이 교실에 존재했는지 궁금했다. 새 학기가 시작되고 창고로 보내진 않았는지, 아니면 교실 뒤편에 홀로 놔뒀을지 호기심이 일었다. 애초에 내게 배정된 책상이 있긴 했을까 싶기도 했다. 어쨌든 4학년부터는 본격적으로 학교에 다니기 시작했고, 내 책상은 교실에 자리를 차지하게 되었다.

　　학교라는 작은 사회를 비로소 경험하게 되었을 때 나는 이미 교내의 유명인사가 되어 있었다. 학교에서 겪는 다른 모든 일과 마찬가지로 처음이었던 특활수업은 독서반으로

지원했다. 각기 다른 반에서 모였지만 독서반 아이 중 상당
수가 내 이름을 알고 있었다. 처음 보는 아이들이 "너 손혜진
이지? 안녕, 난 ○○야."하고 종종 말을 걸어와서 '나를 어떻
게 알지?'하고 의아했다. 나중에야 이유를 알게 되었는데, 학
교에서 내 치료비를 모으는 행사를 꾸준히 했기 때문이었다.
엄마는 4학년 담임 선생님이 기부금 모으는데 상당히 애를
썼다고 말했다. 학교 측에서도 상당 금액을 내 병원비에 보
태라고 기부해주었다는 말도 덧붙였다. 친구들도 등굣길에
모금함을 들고 돈을 모았다고 말해주었는데, 학교에서 낯선
아이들이 다가와 "모금할 때 나도 냈어."라고 말할 때면 어떻
게 해야 할지 알 수 없었다. 내게 와서 자랑하듯 이야기하는
아이들도 있었는데, 모르는 얼굴들이 다가와 그렇게 말할 때
면 당황스럽기만 했다.

　　언니는 같은 학교에 다니고 있었다. 동생의 병원비를 모
으는 모금함을 보고 무슨 생각을 했을까? 예민한 사춘기 시
절 언니는 괜찮았을까? 혹시 창피하지는 않았는지, 부끄럽지
는 않았는지, 차마 묻지 못한 말들이 입속에 머물다가 사그
라지곤 했다.

주번일지가 뭐야?

학교생활에 익숙해지기까지 2년이라는 시간이 필요했다. 학교는 보통 아이들의 삶이었지, 아픈 아이의 삶은 아니었다. 친구들과 잘 어울리지 못한 것은 어쩌면 당연한 일이었을 것이다. 남과 다른 몸 상태 때문에 학교로부터 튕겨 나오자 정신도 또래로부터 소외되었다.

초등학교 4학년, 더할 나위 없이 불리한 입장에 처한 나를 발견했다. 다시 다니기 시작한 학교에서 나는 외톨이였다. 사람을 사귀는 데 서툴렀고, 낯을 가렸고, 말수가 적었다. 거기에 예민하기까지 했다. 늘 주눅이 들어 있었다. 당시 학교에서 겪는 모든 일이 도전이고 과제였다.

4학년 1학기 초반에 주번일지를 몰라서 곤란한 적이 있

었다. 교무실이 어딘지, 주번이 무슨 일을 하는지, 주번일지
를 어디다 놔둬야 하는지, 뭘 써야 하는지 아무것도 몰랐다.
미지의 세계를 앞에 두고 두려움에 몸이 떨려왔다. 아이들에
게 어떻게 해야 할지 모르겠다고 하자, 그냥 하면 된다고 했
다. '너희는 이제까지 했으니까 그렇지.'라는 말을 속으로 삼
켰다. 아이들은 자신의 당연함이 상대에게 상처를 입힐 수도
있다는 것을 몰랐다. 나는 평범한 학생들이 겪는 모든 일들
을 너무 늦게 겪고 있었다.

결국 그날 오후 학교를 마치고 내 손에 주번일지라는 생
전 처음 보는 물건이 쥐어졌다. 당혹스러움에 울음을 터뜨렸
다. 먼저 간다던 아이들은 신경이 쓰였는지 다시 와서 차근
차근 가르쳐주었다. '너희도 처음에는 이렇게 배웠을 거라
고.' 생각하며 아이들이 불러주는 대로 주번일지를 작성했다.
배워야 하는 때에 배우지 못하면 이상한 사람이 되었다. 도
움받기도 힘들었다. '그 쉬운 걸 왜 못해?'라고 생각하니까.
실제로 주번일지를 적고, 교무실에 갖다놓는 일은 왜 그렇게
겁을 냈나 싶을 정도로 쉬웠다.

그날 집으로 돌아오는 내내 어쩐지 억울했다. 덜떨어진
아이 취급을 당했다는 생각에 화가 났다. '너희들도 처음부

터 걸어 다녔던 건 아니잖아? 처음부터 글을 쓸 줄 알았던 건 아니잖아? 다 배운 거잖아, 이것도 배운 거잖아, 나보다 예전에….' 집으로 걸어가는 내내 이런 생각을 하며 서러움을 쏟아냈다. 학교에는 왜 그렇게 지켜야 할 수칙이 많은지. 보이지 않는 또래 문화의 규칙은 왜 그렇게 많은지. 모든 게 처음인 내게는 버겁기만 했다.

학교생활에 적응해가던 5학년 때 마침내 친하게 지내는 반 친구가 생겼다. 또래에게 조금 모자라다고 평가받았지만, 내게 먼저 다가와준 가장 순수한 친구들이었다. 문제는 내가 너무 비겁했다. 늘 혼자 있던 내가 그 친구들과 부쩍 친해지고 나서 다른 두 아이가 다가오더니 그 애들과 놀지 말라고 했다. 두 친구는 말하자면 반에서 은근히 따돌림을 당하고 있었다. 새롭게 다가온 두 아이는 "그 애들과 놀면 너도 따돌림을 당할 수 있다."라고 했다. 처음에는 어리둥절했던 나도 어느새 분위기를 파악했다. 그래서 두 친구를 냉정히 버리고 새로운 친구들과 사귀었다.

내가 조금 더 용기가 있었다면, 같이 어울리면서 그냥 따돌려지는 편을 택했을 것이다. 그 아이들은 순수했고 진심으로 나를 대했으니까. 하지만 나는 못된 아이가 되었고, 다른 무리와 마찬가지로 그 두 친구를 은근히 무시하기 시작했다. 두 친구는 여전히 스티커와 간식을 챙겨주며 나와 다시 친하게 지내려고 노력했다. 나는 그 노력을 모른 체 했다. 철없던 어린 시절이라고 하기엔 너무 잔인한 본성이었다.

동정이었을지 모를 온정의 손길로 새 무리에 합류하게 되었지만 세 사람이란 건 곤란해지곤 했다. 새로 다가온 두 아이는 같은 빌라에 살았고 아주 오래전부터 친구였다. 그사이에 새롭게 낀 나는 둘 사이에서 어떻게 행동해야 할지 몰랐다. 두 사람은 새롭게 무리에 들어온 나를 자기편으로 만들기 위해 애썼다.

나는 어수룩했던지라 두 아이가 서로를 뒤에서 은근히 헐뜯는 걸 이해할 수 없었다. 두 사람은 오래전부터 친했으니까 뭔가 오해가 있는 거라고 여겼다. 오해를 풀면 된다고 쉽게 생각했다. 같은 장소에서 이야기하면 두 사람이 당황할까 봐 먼저 한 친구에게 내가 중재하겠다고 이야기하며, 다른 친구에게도 이야기해 오해를 풀겠다고 했다. 지금 생각해보면 답답하기 짝이 없는 태도였다. 내 이야기를 들은 그 친구는 우리끼리 비밀로 하자고 했다. 자신이 그 친구에게 앞으로 잘하면 된다면서.

　그렇게 교실로 돌아온 후 그다음 쉬는 시간에 나 몰래 다른 친구를 화장실로 불러내는 걸 보게 되었다. 느낌이 좋지 않아서 따라 나섰던가, 아니면 한참이 지나도 오지 않는 것에 불안해져서 찾아 나섰던가. 나는 화장실에서 내 의도를 왜곡하고 자신에게 유리하게 이야기하는 걸 엿듣게 됐다. 그때까지는 내 의도가 왜곡될 수 있다는 사실을 미처 알지 못했다. 친구라는 건 마냥 좋고 서로에게 행복한 존재인 줄만 알았다. 그전까지 내게는 친구라고 불릴 만한 존재가 없었으니까. 그날 이후로 그 친구들과 지내는 게 어색해졌다. 뒤에서 내 욕을 얼마나 해댈지 겁이 났다.

　그렇게 숨 막히는 관계를 애매하게 유지한 채 5학년의 끝이 다가왔다. 겨울방학이 되었고 친구들과는 만날 수 없게 되었다. 친구들은 연락하지 않았고, 나 역시 먼저 전화를 걸지 않았다. 방학이 지나고 새로운 학년이 시작되었고 세 사람 모두 다른 반이 되었다. 학기 초반에는 그 두 친구가 쉬는 시간에 찾아왔고, 나 역시 몇 번 찾아갔지만 결국 두 달이 지나지 않아 우리는 각자의 새로운 친구들과 어울리게 되었다. 얕은 헤어짐이었다.

은근슬쩍 버려질 때마다

그렇게 6학년이 되었고 나는 여전히 붕
떠 있었다. 새로 어울리게 된 친구들은 나를 포함해 5명이었
다. 보이지 않는 무리의 중심은 다정하고 착한 아이로, 모두
그 아이를 좋아했다. 나 역시 좋아했지만, 인기 많은 그 아이
를 내가 독차지할 수는 없었다. 그 아이와 둘이서 놀기라도
하면 시기와 질투가 날아들었다. 다른 놀이를 하자며 그 친
구를 냉큼 빼앗아 갔다. 지금 생각하면 나를 포함해 모두가
유치하기 짝이 없었지만, 그때는 심각해서 서럽기만 했다.

그해 청소 시간에 나는 1학년 반을 배정받아 다른 아이
들 몇 명과 함께 1학년 교실로 내려갔다. 하루는 그 일로 다
툼이 일어났다. 그날은 마지막 시간에 미술 수업을 하던 날

이었다. 그림을 그려서 제출해야 하는데 손이 느린 나는 수업 시간 내에 다 그리지 못해 종이 친 다음에도 계속 그림을 그렸다. 같이 청소하는 친구들에게 "나 그림 다 못 그렸어. 조금만 하면 되니까 먼저 가서 내 자리 빼고 청소하고 있으면 내가 가서 할게."하고 말했다. 그림을 서둘러 마무리하고, 뛰듯이 1학년 교실로 내려갔다. 그냥 단순하게 '나 때문에 한 구역이 빠진 거니까, 원래 하던 청소 구역보다 훨씬 넓게 청소해야지.' 싶었다. 주변 경계가 모호할 테고 내가 늦은 거니까, 라고 생각했다.

친구들은 책상을 밀어놓은 채 그대로 서 있었다. 처음엔 '나 기다린 건가?'하고 감동했다. "왜 먼저 안 끝냈어?"하고 물어보자 대표로 한 아이가 말했다. "우리가 빗자루로 네 구역까지 다 쓸었어. 그러니까 대걸레는 네가 다 밀어." 감동은 와르르 무너졌고 미안함도 소리 없이 사라졌다.

당시 1학년은 4분단이었고, 교탁 주변과 교실 뒤, 복도를 청소해야 했다. 대걸레로 미는 건 문제가 아니었다. 어쨌든 혼자 하면 되었다. 대걸레를 민 다음은 책걸상을 원래 자리로 하나씩 옮겨야 했다. 그러고 나면 마무리로 다시 교실 뒤편을 닦았다. 대개 누군가 한 구역을 대걸레로 밀면, 다른 아이가 책상을 원래대로 옮겼다. 그걸 나보고 다 하라는 말로 받아들여졌다. 그때 나는 표정 관리를 못했다. '내가 청소를 안 하겠다는 것도 아니고, 내 구역은 내가 확실히 하겠다고 했는데.' 하고 화가 났다.

그날 미술 시간에 그림을 반드시 제출해야 했는데 수행평가 같은 거였다. 그건 내 입장이었고, 친구들과는 생각이 달랐나 보다. 아이들은 자신들의 계산법으로 쑥덕거렸다. 그래, 그럴 수 있었다. 어쨌든 내가 늦은 거니까. 그보다는 내가 없는 사이에 자기들끼리 그런 공모를 했다는 사실에 배신감을 느꼈다. 그중에는 나와 친하게 놀던 무리의 아이들이 두 명 있었다. 그 친구들이 제일 적극적인 걸 보고 어이가 없었다. "알겠어. 혼자 할 테니까 가." 하고 욱해서 말했다. 아마 굳어가던 얼굴과 서서히 열 받기 시작한 내 표정을 그 애들도 보았을 거다. 애들은 잠시 주춤했지만, 결국에는 교실로 돌아갔다.

혼자서 하면 상당한 시간이 걸릴 일이어서 분명 종례 시간까지 끝내지 못하겠다 싶었다. 역시나 학교가 파하고 다들 집에 가고서도 한참을 청소해야 했다. 어쩌면 아이들은 내가 그렇게 늦게까지 청소할지 몰랐을 수도 있다. 대충 청소하던 아이들은 더더욱 이해 못했을 것이다. 나는 상당히 꼼꼼한 편이어서 혼자서도 구석구석 정석대로 청소했다. 선생님이 종례 시간에 자리에 없는 나를 보고 뭐라고 생각할지, 가방이 있으니까 도망갔다고 생각하지는 않을 거라고 위안 삼았다.

그러면서 이런저런 생각이 많아졌다. 함께 놀던 친구들이 나를 '그냥 같은 반에 우연히 어울리게 된 아이'라고 여길 수도 있겠다는 생각이 들었다. 그때 알았다. 나에겐 나를 먼저 생각해주는 '단짝 친구'가 없다는 사실을. 또래보다 늦게 학교에 다닌다는 건 이런 점이 곤란했다. 이미 다 형성된 무리에 '배려'로 끼게 되니까 결정적인 순간에는 팽당하게 되었다. 생각해보면 소풍 가거나 수업 시간에 둘씩 하는 게 있으면 나만 짝지가 없었다. 당시 어울리던 무리는 홀수였으니 누군가는 혼자 남아야 할 테지. 근데 항상, 늘, 나만 혼자 남았다.

그날 오후에 종례를 마치고 두 명의 친구들이 다시 1학년 교실로 내려왔다. 미안했는지 도와주려고 온 것이었다. 화장실에서 대걸레를 빨고 있다가 친구들과 화해했다. 하지만 마음 한구석은 이미 닫혀버려서 속으로는 안심하지 못했다. 함께 어울린다고 진짜 친구일 수 없다는 것을 깨달았다.

상대방을 마냥 믿을 수 없는 내 처지를 자각하게 된 것이다. 언제나 무리에서 내가 제일 먼저 버려진다는 사실을. 땅 밑이 불안하게 흔들렸다.

　나는 무리 속에 있었지만, 전보다 더 겉돌았다. 여전히 웃고 어울렸지만, 어서 졸업했으면 하고 간절히 바랐다. 그후 교실을 둘러봤을 때 나와 진짜 친구가 되어줄 아이는 보이지 않았다. 가능했다면 다른 친구들에게 갔을 테지만, 이미 견고하게 자신들의 무리가 있었다. 그때부터 중학교에 가서 새로운 환경이 시작되면 나를 우선으로 여겨줄 진짜 친구를 사귀겠다고 매일 다짐했다. 은근슬쩍 버려질 때마다, 나머지로 남게 될 때마다 그 다짐으로 버텼다.

　그러다 6학년 2학기 때 전학생이 왔다. 전학생은 내가 앉은 분단에 앉았고 자연스럽게 우리 무리와 어울리게 되었다. 처음에는 새 친구가 생겨서 기뻤다. 함께 놀던 무리도 이제 홀수가 아니니까 나도 혼자 남지 않겠다는 생각에 누구보다 환영했다. 그런데 그 애는 내가 마음에 들지 않았나 보다. 몇 주가 지나자 티 나지 않게 나를 괴롭히기 시작했다.

　처음에는 착각인 줄 알았다. 그렇게 노골적인 괴롭힘을

겪은 적이 없었기 때문이었다. '얘가 왜 나를 괴롭히는 거지?' 이유를 몰라서 참고 또 참았다. 다른 아이들이 보지 못할 때 꼬집기까지 하자, 진짜 적의를 보이는 거라는 확신이 들었다. 그 아이의 차가운 시선을 받으면서 '내가 뭘 했다고?' 이런 생각밖에 안 들었다. 누구보다 친해지려고 했던 사람은 나였는데, 왜? 그 아이는 점점 더 교묘히 나를 괴롭혔다. 무리에서 은근히 따돌려지던 때보다 더 힘들었다. 아침이면 '정말 학교 가기 싫다.'는 괴로움으로 눈을 떴다.

참다못해 한 친구에게 괴롭힘을 털어놓았다. 착해서 아이들이 모두 좋아하는 친구였다. 나랑 참 달랐다. 나 역시 그 아이를 좋아했다. 다정하고 자상했다. 그래도 나만의 친구는 아니었다. 날 특별하게 여기는 친구는 아니었다. 그런데도 그 친구에게 말한 건 너무 억울해서였다. 그냥 말이나 하고 이제 어릴 때처럼 혼자 있자 싶었다. 곧 졸업이니까.

그런데 의외로 그 아이가 내 말을 믿어주고 적극적으로 내 편을 들어줬다. 게다가 다른 아이들에게도 말해줘서 전학 온 아이와는 더 어울리지 않게 되었다. 그 아이는 다른 무리에 가서도 못된 짓을 한 건지, 나중에는 반 전체에서 은근히 따돌려지게 되었다. 겉도는 아이를 보면서 고소하면서 한편으로는 불쌍하다는 생각도 들었다. 그 아이는 얼마 지나지 않아 또 전학을 갔다.

돌이켜 보면 전학을 자주 다녀서 그 아이도 불안했던 게 아닐까? 그 아이는 알아봤던 거다. 그 무리에서 내가 가장 동떨어지고 약한 부분이란 걸. 나를 제거하고 그 자리를 차지하는 게 무리에 합류하는 가장 빠른 방법인 걸 간파했는지도 모르겠다. 나 역시 영악했던 건지, 착한 아이가 무리의 중심인 걸 알고 있었기 때문에 '시도나 해보고 안 되면 말고. 친구나 모함하는 나쁜 아이라는 소리를 듣게 된다고 해도 뭐가 더 나쁘겠나. 그냥 졸업할 때까지 혼자 있으면 되지.' 그런 생각이었다. 무리의 보이지 않는 중심이었기 때문에 그 아이가 내 편을 들자 다른 아이들도 내 편을 들었다.

그 후로도 버티고 버티다 방학이 되었고, 몇 달 뒤 아쉬움과 후련함이 교차하는 마음으로 졸업식을 치렀다. 마냥 후련할 줄만 알았는데, 친구들과 헤어짐이 어쩐지 슬펐던 것 같다. 우정의 끝을 알아서 그랬을지도 모르겠다. 지난 3년 동안 반이 달라진 순간 헤어지는 얕은 이별을 반복했으니까 말이다.

나랑 친구 하지 않을래?

　　　　　중학교 입학식이 열리는 날, 아침부터 마음이 조급했다. 초등학교 때 같이 놀던 아이들과는 반이 달라졌다. 언제나 은근히 따돌려졌으니까 지리적으로 떨어진 순간 굳이 나를 찾아올 친구들이 없다는 걸 알고 있었다. 초등학교 때 같이 놀던 아이들은 다른 반이 되었고, 배정된 새로운 반에는 친구가 전혀 없는 상태였다.

　그날 아침 배정받은 1학년 교실에서 진짜 친구가 되어줄 아이를 얼마나 애타게 찾았던가. 드디어 교실에서 친해지고 싶은 아이를 찾았고, 있는 용기 없는 용기 다 끌어다가 그 아이가 혼자 있을 때 다가갔다.

　"저기 나 친구가 없거든. 나랑 친구 안 할래?"하고 말했다. 실제로는 말하면서 덜덜 떨었고, 말도 더듬거리며 상당히 느렸다. 친구가 없다는 사실을 고백하는 건 상당히 창피한 일이었다. 간절하게 친구가 필요했다. 단짝이라 불릴 만한 가까운 친구.

　이미 친한 친구들이 있어서 거절할지도 모른다는 생각과 말뿐이라도 "그래."라고 할 거라는 생각이 왔다 갔다 했다. 다행히 그 친구는 그러자고 했고, 그래서 너무 행복했다. 굳어 있던 내 얼굴에 그때서야 안도의 웃음이 떠올랐다.

　그 친구는 나를 이미 알고 있었다. "너 혜진이지?"하고. 같은 초등학교를 나왔다고 했다. 자기도 전부터 나랑 친해지고 싶었다고. 말뿐이라도 고마웠다. 그렇게 짧은 대화가 끝나고 짝꿍을 정하는 시간이 왔다. 친구는 되었지만, 나랑 짝을 할지 걱정이 되었다. 앉고 싶은 사람이랑 앉기로 했기 때문에 어찌해야 할지 몰라서 교실 뒤편에 그대로 서 있는데 그 친구가 다가왔다. 같이 앉자고. 어쩌면 간절한 눈으로 그 아이를 계속 쳐다봤을지도 모르겠다.

　그렇게 우리는 친구가 되었다. 진짜 의미의 첫 친구였다. 어울리는 친구 중 한 명이 아니라, 나를 특별하게 여겨주는 사람. 이십 년 지기 내 단짝이다. 늘 생각한다, 그때 용기 내

길 참 잘했다고. 친구가 없다고 고백하는 건 참 비참했는데, 부끄러웠지만 잘했다고 생각한다.

나는 그 친구를 땅 같은 친구라고 표현한다. 그 친구를 만나고 나는 비로소 학교 가는 게 고통스럽지 않아졌다. 친구를 만날 수 있는 학교에 가는 게 좋았다. 드디어 대지에 뿌리를 내리고 안정을 찾은 느낌이었다. 고맙게도 그 친구는 나를 불안하게 하지 않았다. 그동안 숱하게 느꼈던 불안, 그건 언제 버려질지 모른다는 것이었다. 가능하다면 그 친구가 나를 먼저 선택해줄 것을 알았다. 나와 함께 해줄 것을. 자연스럽게 나와 함께 걷는 친구를 만나게 됐다. 수업이 끝나면 자연스럽게 서로를 기다렸다가 같이 집에 가는 친구. 다른 반이 되어도 여전히 같이 점심을 먹는 내 친구.

특별 취급

투병 중이던 나는 선생님들에게 여러모로 배려를 받았다. 차별 아닌 차별로 또래 사이에서 특별한 취급을 받는 것이 못내 불안했다. 단체 생활에서 열외가 될 때면 부러움을 담은 눈빛이 쏟아졌다. 체육 시간이면 운동장 벤치 신세가 되곤 했는데, 혼자 앉아서 안절부절못했다. 가끔 체육 수업에 참여하기도 했는데, 그럴 때면 다른 아이들과 체력 차이가 너무 났다. 그런데도 중학교 2학년 체육 선생님은 나를 수업에 조금씩 참여하게 했다. 담임 선생님의 영향이었는지도 모르겠다.

당시 담임 선생님은 처음으로 나를 차별 없이 대했다. 하루는 학생들이 크게 잘못해서 반 전체가 혼난 적이 있었다.

화난 얼굴로 교실에 들어온 선생님은 우리 반 모두를 책상 위에 무릎을 꿇고 앉아 양손을 들게 했다. 항상 이런 식의 몸을 쓰는 일에는 열외였기 때문에 심각한 분위기 속에서도 책상 위에 올라가야 하는지 고민했다. 친구들은 다 같이 벌을 받는데 나만 예외로 편히 있겠구나 싶어서 안절부절못하던 중에 선생님이 그런 나를 눈치챘는지 "혜진이도 올라가서 팔 들어."라고 단호히 말했다. 같은 반 일원이니까 함께 벌을 받아야 한다고 말이다. 그전까지 내 삶은 언제나 특별 취급이었기 때문에 내심 놀란 상태로 허둥지둥 올라가 아이들을 따라 팔을 들어 올렸다. 벌서는 중에도 선생님이 나를 특별 취급하지 않았다는 사실에 감동했다. 보통의 아이들처럼 대해주었다는 사실에. 비로소 아픈 아이가 아니라 평범한 학생이 된 것만 같았다.

그런 감동과는 상관없이 얼마 되지 않아서 몸이 벌벌 떨리며 땀이 나기 시작했다. 다른 아이들보다 훨씬 빨리 위기가 찾아왔다. 당연한 일이었다. 몸을 쓰는 일은 제대로 해본 적이 없었으니까. 저릿해진 팔이 덜덜 떨리는 상태로, 그전까지 내심 원망했던 다른 선생님들에게 새삼 감사한 마음이 들었다. 똑같이 대해지고서야 그동안 내가 받아왔던 배려를 제대로 이해하게 되었다. 식은땀을 흘려가며 몹시 힘들어하는 내 모습을 본 선생님은 결국 나를 책상에서 내려가 앉아 있게 했다. 그렇게 내가 내려온 후에도 친구들은 한참 벌을 받았다. 몸은 편한데 마음은 다시 불편해졌다.

그 일이 있은 후부터 체육 시간을 포함해서 몸 쓰는 일에 자연스럽게 함께 참여하게 되었다. 체육 시간에 오리걸음을 할 때면 간사하게도 좀 제외해줬으면 싶기도 했다. 체육 선생님은 다른 아이들과 나를 똑같이 대했는데, 그러면 오히려 친구들이 그동안 내가 열외였다고 말을 해주었다. 그 말을 들은 선생님은 그래도 해야 한다면서 내게 할 수 있겠는지 물었다. 난 할 수 있다고 대답했다. 끝까지 함께 하지는 못했다. 남들과 달리 숨이 넘어갈 듯 버거운 순간이 몹시 빨리 찾아왔기 때문이다. 그럼 차마 말하지 못하는 나를 대신해 곁에 있던 친구들이 선생님에게 내가 너무 힘들어한다고 말씀드렸다. 그러면 또 열외로 벤치에 가 앉고는 했다. 뒤에서 시기 질투하는 친구들이 있었을지 모르지만, 배려해주고 챙겨주는 친구들이 훨씬 많았다. 꽤 행복한 삶이었다.

감기처럼 병이 낫는 거라니!

병원에 가면 아픈 사람이 많아서 오히려 위안이 되었다. 병원에 이렇게 많은 사람이 방문하고 있으니 내가 이상한 게 아니라는 생각이 들었다. 병원에는 아픈 아이가 너무 많았고, 나는 그 아이 중 한 명일 뿐이었다. 누구하나 나를 특별히 모난 존재로 여기지 않았다. 그래서 학교보다는 병원에서 마음이 더 편했다. 학교에서 나는 특이한 아이였지만 병원에서 나는 무난했고 평범했다. 병원에 있으면 내가 당연히 있어야 할 곳에 있는 것 같았다. 나는 그곳에서 일어나는 모든 일에 능숙했다. 어떤 식으로 해야 하는지, 앞으로 어떤 일이 일어나는지, 겪게 될 일은 무엇인지 알고 있었다.

하지만 남보다 늦되게 간 학교에서는 모든 것이 낯설었
다. 모든 것을 새롭게 배워야 했고, 생활하는 방식을 처음부
터 적응해 나가야 했다. 어떤 행동을 해도 눈에 띄었다. 그곳
에서 겪는 모든 일이 나에게는 처음이라는 것을 아이들은 이
해하지 못했다. 아니 이해할 필요도 없었겠지. 그건 내가 극
복해야 할 일이었다. 학교생활에 적응하는 것, 그건 공부와
는 다른 문제였다. 학교라는 사회는, 학교의 규칙은, 내가 병
원에서 익힌 어떤 것과도 연관이 없었다. 그래서 학교에서는
가끔 내 존재가 여기 있어서는 안 될 것처럼 느껴졌다.

여러 시행착오를 겪고 학교에 적응할 무렵, 나는 병원 밖
으로 튕겨 나오게 됐다.

검사를 위해 3개월이나 6개월마다 병원에 방문했는데,
마지막으로 갔던 게 중학교 1학년 때였다. 그때 이후 중학교
2학년이 되어서도 병원에 가지 않는 거였다. 아무리 생각해
도 이때쯤에는 정기 검진을 받아야 하는데 왜 병원에 안 가
는지 알 수가 없었다. 하루하루 불안이 커졌다.

어쩌면 그때 부모님을 조금 의심했는지도 모르겠다. 이
제 나를 치료하지 않는 건가? 병원비가 없어서 병원에 못 가

는 건가? 마지막으로 의사 선생님을 봤을 때 더 가망이 없다고, 올 필요가 없다고 한 건가? 내가 죽어가고 있는 건가? 뭐 그런 생각을 했다. 부모님은 병의 경과에 대해 어떤 이야기도 하지 않으셨기에 더 상상을 키웠는지도 모르겠다. 내가 죽을 날만 받아놓고 사는 건 아닌지, 부모님이 사는 동안만이라도 행복하게 지내라고 그런 얘기를 숨기는 건 아닌지 하는 생각으로 숨이 막혀왔다.

참다못해 엄마에게 병원에 언제 가냐고 물어보았다. 그 전까지는 스스로 병원에 가는 날짜를 챙긴 적이 한 번도 없었다. 갈 때가 되면 어련히 알아서 부모님이 말씀하셨고, 나는 그냥 따라가면 됐다. 엄마는 웃으며 "이제 병원에 안 간다."라고 하셨다. 처음 그 대답을 들었을 때 충격이 너무 커서 더 묻지 못하고 방으로 들어왔다. 머릿속에 '왜?'라는 생각만 맴돌았다.

며칠을 혼자 더 고민하다가 2주가 더 흘러서 겨우 물었다. "왜 이제 병원에 안 가?" 어쩌면 그보다는 "의사 선생님이 가망 없다고 하셨어? 나 죽어?"라고 묻고 싶었을지도 몰랐다. 그러다 엄마의 입에서 "완치했다."라는 말이 나왔다. 그래서 "완치가 뭐야?"라고 물었다. 정말 그렇게 물었다. 그 단어

가 무엇을 의미하는지 전혀 알지 못했기 때문이다. 그제야
엄마는 병이 다 나아서 병원에 더 갈 필요가 없다고 쉽게 얘
기했다. 감기가 낫듯이, 병이 다 나아서 병원에 갈 필요가 없
어졌단다.

며칠이 흐른 후 내가 진짜 평범한 아이로 돌아왔음이 실
감 나기 시작했다. 그때부터 한동안 부모님처럼 나도 날마다
기분이 좋았다. 지나가는 아무나 붙잡고 말하고 싶었다. "나
이제 병원 안 가도 돼요. 그런 삶을 살 수 있대요!" 실제로는
친한 친구들에게만 말했다. "나 이제 병원 안 가. 다 나았대."
그렇게 말하고 나서야, 병이 나을 수도 있다는 사실을 새삼
스레 인식하게 됐다. 나는 아픈 아이는 평생 병원에 다니는
줄 알았다. 아니면 죽어서 더 갈 수 없게 되거나. 그래서 병
원 방문이 끝나는 때는 죽음이 닥쳐왔을 때라고 생각했다.
병원에 안 갈 수 있다니! 안 가도 되는 거였다니! 감기처럼
'병'이란 게 낫는 거였다니!

중학교 2학년 중간고사 무렵, 나는 마침내 평범한 소녀
가 되었다.

2장

아픈 아이에서
아픈 어른으로

신경아세포종 완치 판정 이후

한동안 평범한 학창 시절을 보냈다.

시간이 지날수록 환자로서의 삶은 점차 사라져갔고,

고등학교에 입학할 무렵에는 온전히 학생으로서 삶을 살았다.

또래들이 그렇듯 학업과 진학에 대해 고민하며

친구들과 함께 학창 시절을 채워갔다.

그 궤도에서 다시 벗어나게 될 줄은 꿈에도 몰랐다.

열여덟 살 여름, 두 번째 병이 찾아왔다. 병명은 'GIST'였다.

그날의 세상은 노란빛이었다

고등학교 2학년 1학기 기말고사를 앞둔 아침이었다. 아침밥을 먹는데 체한 것 마냥 속이 답답해 밥이 잘 넘어가지 않았다. 시험 스트레스 때문에 소화가 잘 안 되나 보다 하고 대수롭지 않게 넘긴 게 한 주가 넘어갔다. 체증이 가시지 않고 날이 갈수록 심해져 하루에도 몇 번씩 가슴을 두드려댔다. 막상 바늘로 손을 따면 검붉은 피가 아니라 새빨간 피가 나왔다. 이상하다 싶으면서도 꽉 막힌 느낌이 사라지지 않아 '정말 심하게 체했나 보다' 여겼다.

별일 아니라고 생각하며 자율학습을 하던 중이었다. 허옇게 뜬 내 얼굴에 놀란 선생님이 어디 아프냐고 물었다. 괜찮다고 말씀드렸지만, 이마에 땀방울이 맺히는 게 느껴졌다.

순간적으로 토기를 느껴 급히 화장실로 달려갔다. 변기를 붙잡고 토하는데 갑자기 시야가 흐려지더니 눈앞이 까매졌다. '왜 이러지?' 이상하다 싶었다. 다시 눈앞이 밝아지자 변기에 뱉어낸 것이라고는 거품이 일어난 침밖에 보이지 않았다. 계속되는 구역질에 몇 번 더 토했지만 나오는 것은 역시 침뿐이었다. 분명 먹은 걸 다 게워낼 것 같았는데, 그런 느낌이었는데, 이상했다. 한참을 그렇게 침을 게워내다가 겨우 일어났을 때는 쭈그려 앉아 있던 다리가 저릿했다. 손을 씻으러 세면대 거울 앞에 서니 얼굴이 창백했다. 핏기 하나 없이 푸르스름한 살갗은 '파리하게 질렸다'는 표현에 딱 들어맞는 모습이었다. 보랏빛 입술을 보고 '체한 게 아닌가?'하는 의혹이 슬며시 들었지만, 교실로 돌아가야 했기 때문에 이내 지워냈다.

　화장실을 나섰을 때는 이미 20여 분이 지나 있었다. 손목시계로 상당 시간이 흐른 것을 확인하고는 선생님이 내가 다른 곳으로 갔다고 오해하지 않을지, 아이들이 똥을 누고 왔다고 오해하지는 않을지 걱정스러웠다. 온몸에 힘이 빠진 상태로 서둘러 복도를 걸으며 교실로 향했다. 몇 걸음 걷지 않아 눈앞이 삽시간에 노랗게 변했다. 아니, 노랗다기보다 누렇게. 칙칙한 누런빛이 시야를 송두리째 차지한 순간 확신했다. '이거 보통 일이 아니다!' 이어 머리가 빙글빙글 도는 느낌이 나면서 이대로 기절하게 되리란 예감이 들었다. 머릿속으로는 수많은 생각이 스쳐 지나갔다.

'구급차에 실려 가는 건가. 구급차 요금은 얼마 정도 할까? 공짜이려나? 비싸면 어쩌지? 엄마 아빠는 일하다가 놀라서 급하게 오시겠네. 가까운 병원은 동네 종합병원인데, 거기 말고 어릴 때 다녔던 부산 병원에 가면 좋겠는데, 구급차가 오면 동네 종합병원으로 데려가겠지. 어차피 부산 병원으로 가야 하는데 돈이 이중으로 들겠네. 기말고사는 어떻게 되는 거지? 완전 열심히 공부했는데 말짱 도루묵인 건가. 쓰러지면 학교 애들한테 소문 다 날 텐데 쪽팔려서 학교는 어떻게 다니나. 잘 알지도 못하는 애들이 내 얘기로 쑥덕쑥덕거리겠지.'

1분도 채 되지 않는 순간에 별생각이 다 들었다. 그때 심정은 딱 이거였다. '이거 완전히 기절할 분위기인데? 안 돼! 학교에서 기절해 구급차에 실려 가면 내 학창 시절은 망했어.' 학교에서 그런 식으로 유명인사가 되는 건 어릴 때로 충분했다. 게다가 '시험공부 한 게 얼마인데 이대로 말짱 도루묵을 만들 수 없어.' 이런 생각이 들자 어디선가 "정신 차려!"라고 말하는 목소리가 들렸다. 절대 여기서 쓰러져서는 안 된다고. 언뜻 기울어 가는 몸을 바로 세우며 버티듯 섰다. 잠시 균형을 잡기 위해 바닥을 한참 바라보았다. 그 짧은 새에 온몸이 땀으로 흠뻑 젖어 있었다. 열린 창문으로 바람이 불어와 이마에 난 땀을 식혀주었다. 서늘함에 몸이 잘게 떨렸다. 의식이 점차 뚜렷해지는 중에 '역시 만화나 드라마 속 여주인공처럼 픽픽 기절하는 건 쉬운 일이 아니었네.'하는 실없는 생각이 들었다. 조금 더 기다리자 정신이 완전히 돌아왔고, 수업 시간이라 텅 비어있는 복도를 아무 일도 없던 것처럼 다시 걸어갔다. 한편으론 '나 정신력 완전 짱이다.'하고 감탄하면서.

아무렇지 않은 표정으로 교실로 돌아왔지만, 서 있을 힘조차 없어서 얼른 자리로 가서 주저앉았다. 수업은 이제 관심 밖이었다. 습관적으로 잡은 펜으로 앞으로 어떻게 해야 할지 노트에 끼적였다. '병원, 시험, 검사, 언제, 어디로?' 따위 단어를 적어 내려갔다. 몸의 이상 증상을 어떻게 대처해야 할지, 앞으로 해야 할 일은 무엇인지 고심하면서. '시험은

2주 남았고, 그동안 너무 열심히 했잖아. 만약 이 시험을 치
지 않는다면 중간고사까지 날아가는 거 아닌가?'하는 고민
끝에, 방학이 시작되면 어릴 적 다닌 병원에 가서 검사를 해
보자고 잠정 결론을 내렸다.

그날 밤 엄마에게 "오늘 학교에서 눈앞이 노래지던 게,
아무래도 몸이 뭔가 이상한 것 같아. 병원에 가서 오랜만에
검진 한번 하면 안 돼?"하고 슬쩍 말을 던져두었다. 그 후로
여름방학이 되기 전까지 종종 밥 먹다가 슬쩍 흘려 보고, 학
교 다녀와서 텔레비전 보면서 슬쩍 얘기를 꺼내 보고, 나중
에는 반드시 가야 한다고 주장했다. "안 간 지 몇 년 지났으
니까, 한번 가자."라며 대수롭지 않은 척 말하고는 했다. 그래
서인지 부모님도 대수롭지 않게 받아들이는 것처럼 보였다.
앞이 노래졌다는 말도, 막상 말로 뱉고 보니 별일 아닌 것처
럼 느껴졌다.

다시 병원을 찾다

한 달이 지나 여름방학이 시작되었다. 방학과 동시에 종합 검진을 받기 위해 5년여 만에 부산 병원에 방문했다. 오랜만의 병원 방문인 데다가 진료 예약을 하지 않고 왔기 때문에 사람들이 북적거리는 로비에서 제일 먼저 접수대로 향했다. 진료 선택(도대체 환자들이 뭘 선택할 수 있나 의문은 들지만)을 하고, 외래로 접수했다.

그간 소아과는 더 화사하고 아기자기해져 있었다. 스산한 느낌이 드는 병원의 다른 장소와는 확연히 구별되었다. 여덟 살, 처음 병원에 방문했을 때 신기하게 구경한 수족관은 여전했고, 그때보다 좀 더 작고 화사한 물고기들이 헤엄치고 있었다.

진료실은 예전과 달랐지만, 이전 주치의였던 의사 선생님은 어린 시절과 같은 자세로 앉아 있었다. 의자에 마주 앉으니 늘어난 주름이 보였다. 손에는 검버섯이 피어 있었다. 내 몸 상태에 대해 가장 잘 알고 있는 건 나였으니까, 5년 만의 방문 이유를 아빠가 아니라 내가 직접 설명했다. 괜히 떨려서 더듬더듬 말을 시작했다. "한 달 전쯤 속이 계속 체한 것 같더니, 하루는 구토했어요. 그런데 하얀 침만 나왔어요. 그러다가 눈앞이 노래졌는데…." 그러고는 "지금은 속이 편안하고 갑갑하지 않아요."하고 마무리했다. 그때쯤에는 안심했던 것 같다. 단순한 시험 스트레스라고 내심 결론 내린 참이었다. 아빠는 "오랜만에 검사 좀 해보고 싶다."라고 용건을 말씀하셨다.

우리 곁에는 입원할 마음으로 챙겨온 짐 가방이 있었다. 위급한 환자들을 우선해야 하므로 어쩌면 병실이 없겠다 싶었는데, 다행히 당일 바로 입원할 수 있었다. 입원 수속을 마치고 올라온 소아과 병실은 어릴 때와 크게 달라진 게 없었다. 여전히 두 곳이 중증 어린이 환자 전용 병실로 사용되고 있었다. 진료실과 마찬가지로 병동은 알록달록하게 꾸며져 있었다. 들어선 병실에서 또다시 소인국에 들어온 걸리버가 된 듯했다.

건방지게도 나는 아이들과 다른 입장이라고 확연히 선을 긋고 있었다. 단지 건강 관리 차원이라는 마음으로 그곳에서 3~4일 머물렀다. 검사는 여전히 힘들었고 기다림의 연속이었다.

항암치료 중인 아이들을 볼 때면, 안타까움과 함께 어릴 적 기억이 떠올라 속이 울렁거렸다. 링거에 은박지를 씌워 항암제를 맞았던 어린 시절이 생생하게 떠올랐다. 아이들의 항암제는 은박지 대신 은색 천으로 링거병과 줄을 가려놓은 채였다. 항암치료 받는 아이가 먹은 음식을 다 토해낼 때면, 어떤 상태일지 알 것만 같아서 나 역시 토할 것 같은 기분이 들었다.

해야 할 일이 검사뿐이었기에 어릴 적과 달리 빨리 퇴원할 수 있었다. 며칠간의 병원 체험이 끝이 나고 퇴원하자 기분이 상당히 좋았다. 병실 사람들에게 "안녕히 계세요." 인사하고 나오는 발걸음이 더없이 경쾌했다. 드디어 본격적인 방학이 시작되었단 생각에 절로 웃음이 났다. 집에 가서 뭘 할지 생각하며 날아갈 듯 걸었다.

병보다 충격적인 아빠의 거짓말

퇴원하고 집으로 돌아오면서 그동안의 모든 불안을 씻어버렸다. 그래서 재앙에 가까울 정도로 무방비한 상태로 암 확정 판정을 듣게 되었다.

검사 결과에 대해 낙관했기에 병원에는 아빠 혼자 다녀오시라고 했다. '별일 아닐 텐데 굳이 같이 갈 필요 있겠어?' 하고 생각했다. 특별한 이상 증상은 없었고 컨디션도 무척 좋았다. 검사 결과가 나올 때쯤에는 방학 숙제를 미리 몰아서 해놓고 놀 준비를 마친 참이었다.

그저 검사했다는 사실만으로 안심했다. 마음먹은 일을 끝내고, 줄을 그어 지우는 것처럼, 수첩에 적어둔 '부산 병원에서 종합 검진 받기' 목록을 빨간 펜으로 체크하고는 할 일을 다 끝낸 듯 잊어버렸다. 검사한 것만으로 병이 사라지기라도 하듯. 아니 처음부터 없었던 듯이. 그런 연유로 검사 결과를 확인하러 가지 않은 거였다. 딱히 내가 갈 필요가 있나 싶었다.

병원에서 돌아온 아빠에게 대수롭지 않게 결과를 물어보았다. "의사 선생님이 뭐라고 하셨어?"라는 질문에 아빠는 말을 얼버무렸다. 아빠의 애매한 대답을 듣고 다시 물었다. 계속 말을 돌리는 아빠에게 "괜찮다는 거야? 아니란 거야?"하고 결국 짜증을 냈다. 아빠는 "괜찮대."하고 말했다.

며칠이 지나 아빠는 뜬금없이 "내일 병원 갈 거니까 입원 준비해."라고 했다. 그 말을 들은 엄마와 나는 "왜?"라며 순수하게 의문을 표했다. 아빠는 그제야 종양이 발견됐다고 했다. 눈앞이 흔들거리는 듯싶더니 머릿속이 멍해졌다. 그날 밤 처음으로 청천벽력이란 말이 어떤 건지 실감했다.

마음의 준비를 할 겨를도 없이 8시간 뒤에는 수술을 하기 위해 입원하러 가야 한다니. 내일 해야 할 일들을 수첩에 적어 놓았는데, 이번 방학에 하고 싶은 일들을 가득 적어놨는데…. 현실을 깨닫자 점점 분노가 치솟았다. 화산이 폭발하듯 말이 쏟아져 나왔다. "아빠는 내 팔을 잘라야 한대도, 말 안 해주고 데려갈 사람이야. 내 몸인데 왜 내게 얘기 안 했어!"

아마도 아빠는 어차피 바뀌는 것도 없는데 일찍 걱정시키고 싶지 않은 마음에 그러셨을 테다. 며칠 동안 비밀로 하고 혼자서 끙끙 앓았을 것이다. 하지만 그건 내가 원하는 행동이 아니었다. 나에게는 진실이 필요했다. 얼마나 충격을 받았는지 눈물이 멈추지 않았다.

엄마 역시 충격을 받았다. 엄마는 "왜 얘기 안 했느냐."라며 화를 냈고, 나는 아빠가 엄마에게도 이야기하지 않았다는 사실에 놀랐다. '나는 환자라 충격받을까 봐 그랬다고 치지만, 엄마한텐 왜 말씀을 안 한 거지?' 황당하기도 했다. 그날 밤에는 감정이 걷잡을 수 없이 격앙됐다. 엄마와 나는 번갈아 가며 아빠에게 화를 내고 닦달했다. 두 시간여를 싸웠던가, 분을 풀지 못한 채 침대에 누워 씩씩대다가 잠이 들었다. 불행 중 다행인 건 아빠가 입원 전날까지 숨겼다는 사실에 화가 나서, 병 자체에 대해서는 의외로 쇼크가 크지 않았다. 굳이 비교하자면 아빠의 하얀 거짓말이 병보다 더 충격이어서 오히려 병에 대해서는 충격이 덜했다.

끝이 아니라는 믿음

　　새벽에 눈을 뜨니 엄마가 입원에 필요한 짐을 다 챙겨놓은 후였다. 마음을 제대로 추스르지 못한 채 모두가 잠든 뒤 짐을 꾸린 모양이었다. 나처럼 퉁퉁 부은 눈으로 엄마는 우리를 배웅했다. "엄마가 곧 병원으로 갈게." 하고 말했다. 간밤의 일로 아빠를 믿을 수 없게 된 상태였기 때문에 그 말에 안심됐다. 엄마에게 인사하고 아빠와 집을 나섰다. 버스와 지하철을 타고 병원에 가면서 아빠와 한마디도 대화를 나누지 않았다. 엄마랑 가고 싶다고 생각하면서 아침 일찍 출근하는 사람들 사이에 섞여 병원으로 향했다.

　　입원 수속은 빠르게 이뤄졌다. 그렇게 2주 만에 다시 소아과 병실에 돌아왔다. 다행히 이전에 묵었던 병실이 아닌 그

옆이었다. 정기 검사 때 함께 머물던 아이들을 만나고 싶지 않았기 때문에 안도했다. 왜 또 왔냐고 물어보면 너무 슬플 것 같았다. 분명 불쌍해 보일 거라는 생각에 내 신세가 서글퍼졌다. 괜한 자존심인지, 상처받은 마음 때문인지, 그때는 안타깝다는 듯 쳐다보는 눈길을 받고 싶지 않았다.

돌이켜 보면 몸에 이상 반응이 나타난 초반만 해도 이런 결과를 어느 정도 예감했을 것이다. 몸이 이미 말해주었으니까…. 몸은 나에게 끊임없이 신호를 보내고 있었다. 그런 경고 때문에 종합 검진을 한 거였지만, 머리는 부정하고 싶었나 보다. 또다시 아프다는 사실을 받아들이기 쉽지 않았겠지. 그냥 별일 아닐 거라고 믿고 싶었겠지. 그렇게 현실을 외면한 채 하루하루 즐거운 척 보냈다는 생각이 들었다. 분명 마음 한쪽이 무거웠지만 모른 척하지 않았나 하고. 결국 억지로 지워낸 걱정이 다시 나를 찾아왔다.

또다시 '병원 아이'가 되었다는 사실은 입원하고 나서도 여전히 부정하고 싶기만 했다. 검사만으로 모든 게 해결된 것처럼 낙관한 나에게 복수하는 건지, 세상은 내게서 선택권을 모조리 앗아갔다. 누구도 내게 수술할지 말지 물어보는 이가 없었다. 내 삶의 결정 권한이 타인에게 있다는 사실이 놀랍기만 했다. 아니 납득이 가지 않았다. 그게 아무리 나를 낳은 부모님이라고 해도 말이다. 나는 무력했다. 아무것도 할 수 있는 게 없는 것 같았다. 내 몸에 관한 권한은 굳이 따지면 의사 선생님, 부모님에게 있었고 그다음이 나였다. 미성년자라는 이유로 상의조차 하지 않는 부모님이 원망스러웠다.

돌아보니 그때 나는 그저 이런 일이 일어난 것에 화가 난 거였다. "왜 내가 또?"라며 분노했고, 절망했고, 원망했다. 아빠가 내게 수술해야 한다는 사실을 말하지 않은 게 한동안 상처로 남았지만, 실은 또다시 병에 걸린 게 무서워서 아빠에게 분풀이 한 것인지도 몰랐다. 어쩌면 내가 아빠여도 말하지 못했을지 모르겠다. 그때 나는 너무 해맑았고 하루하루를 몹시 행복하게 보내고 있었으니까.

입원을 하자 곧장 수술 준비가 시작되었다. 침대 위에 가만히 누워있게 될 때면 현실적인 고민에 빠지곤 했다. 병에 대한 염려보다는 학업에 대한 걱정이 많았다. '수술하고 치료 하면 몇 년 걸릴 텐데, 머리카락이 빠지면 또 대머리로 밀어야 하나? 그럼 모자는 어떤 걸로 살까? 복학생으로 학교에

다니려면 껄끄러울 텐데. 나이 어린 애들이랑 어떻게 다니
지…. 복학하면 나를 날라리로 보는 거 아닐까? 성격도 소심
한데 친구는 사귈 수 있을까? 대학 가는 게 더 늦어질 텐데,
입시 지원은 어떻게 해야 하지?' 대개 이런 고민이었다.

내가 죽게 된다거나, 치유되지 않을 수 있다는 걱정은 하
지 않았다. 다만 수술 이후 해야 할 일에 대한 근심으로 기존
계획을 수정하기에 바빴다. 아마 어렸을 때부터 오래 못살
거라는 말을 듣고도 살아왔기에 '내 명은 여기가 끝이 아니
다.'라는 왠지 모를 자신감이, 믿음이 있던 게 아닌가 싶다.

차마 하지 못한 말

수술 전날에는 몹시 피곤했고, 어서 이 모든 일을 끝내고만 싶었다. 수술에 맞춰 흐르는 모든 일과가 낯설고 지루할 뿐이었다. 수첩에 적힌 '수술 날'에 빨간 줄을 긋고 어서 지워버리고 싶었다.

그날 저녁에 친구로부터 전화가 왔다. 언니의 폰이었던가, 엄마의 폰이었던가. 당시 내게는 휴대폰이 없었다. 아무도 없는 곳에서 통화하고 싶어서 수액걸이를 끌고 병실을 나가 계단으로 향했다. 반갑고, 두렵고, 어쩌면 창피하기도 하고, 울고 싶기도 한데, 그냥 괜찮다고 했다. 별일 없이 수술이 잘 끝날 거라고 믿었지만, 혹시라도 만에 하나 잘못될 수 있으니까 친구에게 "고마워."하고 말했다. 친구가 내 말에 담긴 의미를 알았는지는 모르겠다. 말을 할수록 자꾸 눈물이 쏟아질 것 같아서 작게 "전화해줘서 고마워."라고 덧붙였다. "이생에서 나랑 친구해줘서 고마워."라고 솔직하게 말하지는 못했다. 그럼 정말 오늘이 마지막 날이 될 것 같았다.

아무렇지 않은 척 했지만, 내일이면 내 생이 끝날지도 모른다는 두려움이 있었다. 결과는 아무도 장담할 수 없었다. 확신할 수 있는 삶이 아니었다. 하지만 죽음 역시 마찬가지로 확신할 수 있는 게 아니라면서 스스로를 다독였다. 통화를 끝내고 벌겋게 달아오른 눈가를 식히려고 괜히 복도를 서성이다가 병실로 돌아왔다. 울었다는 사실을 엄마가 모르게 하고 싶었다. 어차피 겪어야 할 일이라면, 한 사람이라도 마음 편하면 좋을 테니까. 실제로 마음 편한 사람은 누구도 없어 보였지만.

다음 날 이동 침대에 누워 수술실로 가면서 엘리베이터를 기다리던 순간이 유난히 선명하게 기억난다. 곁에 있던 가족들이 너무 걱정해서 도리어 내가 달랬다. '아니 수술 받는 건 난데'하고 대수롭지 않게 생각하려고 애썼다. 수술실로 가는 동안 눈물이 맺힌 채 따라오는 엄마의 팔을 두드리며 괜찮을 거라고 애써 덤덤히 얘기했다. 사실 엄마의 어깨를 토닥거리고 싶었는데 누워서 이동하다보니 팔을 높이 들기 힘들었다. 함께 이동 침대를 밀고 가던 간호사도 그 상황이 어이없는지 살짝 웃었다. 그제야 엄마도 따라 웃으며 굳어있던 분위기가 풀렸다. 내가 담담해야 가족들이 덜 불안해할 거 같았다. '나는 내 몸이 아픈 거니까 괜찮은데, 정말 가족들은 무슨 고생인지.' 그런 생각이 들었다.

수술 날이 다가올수록 최악의 경우도 가정하게 되었다. 웬만하면 죽음에 관한 생각은 피하고 싶었지만, 정말 내가 죽으면 남은 가족들은 어쩌나 싶었다. 수술 도중, 혹은 수술 후 중환자실에서 죽게 된다면, 그때 나는 더 이상 아무 것도 아닐 테니까 오히려 속이 편했다. 그다음 세계가 있을지 없을지 그런 건 알 수 없지만, 어쨌든 이곳에서는 무(無)로 돌아간다고 생각했다. 그러나 남겨진 사람들은 다를 것이었다. 내 죽음 뒤, 가족들이 너무 오래 슬퍼하지 않았으면 좋겠다고 생각했다. 밥 잘 먹고, 잘 지냈으면 좋겠다고.

사실 차분히 생각할 수 있었던 건 내가 살 것이라는 믿음이 98%를 차지하고 있었기 때문이었다. 혹여 죽는다 해도 어차피 그것으로 끝이니까 싶었다. 죽음도 각오했기에 수술

대에 오르는 날에도 평온할 수 있었다. 누구에게도 죽음에 대해 생각했다는 사실을 말하지는 않았다. 내가 무너지면 다들 무너질까 두려웠고, 내 입으로 '죽음'이란 단어를 뱉으면 아무래도 가족들이 동요하게 될 거라고 생각했다. 혼자서만한 결심, 혼자서만 해본 조심스러운 이별이었다.

수술대에 누워 눈을 감고 깊게 심호흡을 하자 수면 주사를 놓겠다는 말이 들렸다. 그 말에 다시 눈을 떴지만 금세 졸음이 몰려와 그대로 눈꺼풀을 내릴 수밖에 없었다. '수면제 효과가 진짜 빠르다.'는 생각과 '살아서 돌아가게 해줘요.'라는 생각이 교차했다. 그리고 완전히 암전되었다. 마지막으로 한 생각은 '이제 시작하는구나.'였다.

안녕, 다시 만난 가족들

나는 수술실에 들어간 지 5시간이 지나 회복실에서 나왔다. 깊은 혼수상태에서 벗어나자마자 가족들을 만나게 되었는데, 시야가 흐릿했기 때문에 형체를 알아볼 수 없었다. 다행히 바로 곁에서 목소리가 들렸다. 마취가 완전히 풀리지 않아서 머리가 어질어질했던 터라 내 반응은 느릿느릿했다.

이 와중에 눈이 잘 떠지지 않아 덜컥 겁이 났다. '수술이 잘못돼서 실명한 걸까?'하고. 평소에도 눈이 약한 탓에 언젠가 실명할지도 모른다는 두려움이 있었다. '앞이 보이지 않게 되면 어떻게 하지?' 이런 질문을 어린 시절부터 종종 해왔다. 눈을 감고 다니는 연습을 남몰래 하기도 했다. 그러다 논

두렁에 빠진 적도 있었다. 그날 신발에 흙이 잔뜩 묻어 지저분해졌다.

겁에 질린 목소리로 "엄마 나 앞이 안 보여." 말하자, 마취가 덜 풀려서 그렇다고 하셨다. 안도의 한숨을 살짝 내쉬었다. 가족들을 한 명씩 호명하면서 아빠, 엄마, 언니, 남동생이 여기 있는지 물어봤다. 아주 작은 목소리로 말했는데 용케 알아듣고 대답해주었다.

수술실에 들어간 지 얼마나 지난 거냐고 묻고 싶었는데 갑자기 잠이 쏟아져서 더 물을 수 없었다. 간호사가 가족들에게 "이제 그만 나가셔야 한다."라고 말하는 걸 몽롱한 정신으로 들었다. 그때쯤엔 엄마의 울먹거리던 목소리가 진정된 상태였다. 그렇게 다시 깊은 잠에 빠져들었다. 수마가 완전히 덮치기 전에 속으로 웅얼거린 말은 "안녕? 다시 만난 가족들…!"이었다. 다시 생명을 받게 되어서 온 우주에 감사했던가? 그건 잘 모르겠지만 다시 가족을 만나게 돼 행복했던 건 기억하고 있다.

차가운 하얀색

다시 눈을 뜨고 처음 든 생각은 '새하얗다.'였다. 하얗고, 하얗고, 온통 하얬다. 간호사들도 지나치게 흰 옷을 입고 있었다. 차가운 흰색이 가득 찬 공간에서 모든 것이 서늘한 느낌이 들었다. 내가 있는 곳이 중환자실이라는 것을 알게 된 것은 간호사가 "중환자실 앞에서는 조용히 해야 합니다. 조용히 해주세요!"하고, 주의 주는 걸 들은 후였다.

중환자실에서 보낸 시간은 그때까지 겪은 병원 생활 중 가장 힘겨웠다. 아픈 게 보통 힘든 게 아니라는 사실을 깨달은 시간이었다. 화상 환자의 괴로워 하는 소리가 들렸고, 목은 자꾸 말라서 찢어질 것 같았고, 눈은 잘 안 떠졌고, 배는 따갑고 쓰라리고 열이 나는 듯했다. 그냥 온몸이 아팠다. 첫 수술이 워낙 어렸을 때라 기억이 희미해져서 수술 후가 이렇게 힘든 줄 몰랐다. 두 번째 수술 후 중환자실에서 보낸 날들을 떠올리면 다시는 아프고 싶지 않았다.

처음 눈 떴을 때는 목에 가래가 껴서 숨이 막혔다. 이대로 죽는 게 아닌가 싶었다. 제일 상급자로 보이는 간호사에게 가래가 껴서 숨쉬기 힘들다고 얘기했더니 "환자분 앞에 할아버지 보이죠? 저 할아버지처럼 기계로 가래 빼줄까요? 그게 더 아픈데? 기침해서 제거하세요. 배가 아파도 그냥 하세요." 하고 말했다. 위협을 섞은 말에 조금은 화가 났다. 불친절하다고 꿍얼거리면서, 가래를 뱉어내려고 노력했다. 살살 컥컥거려 보았지만, 나오지 않아서 단번에 끝내자 하고, 컥컥 크게 숨을 뱉자 정말이지 너무 아파서 눈물이 새어 나왔다. 배의 통증이 진정될 때까지 잠시 기다렸다가 다시 컥컥 숨을 뱉었다. 고작 가래를 뱉어내기 위해 온 힘을 다해야 했다.

일자로 똑바로 누워 있어 더 숨이 막히는 듯했다. 이대로는 숨이 막혀 죽을지도 모른다는 두려움이 엄습했다. 다른 간호사에게 침대를 조금 올려달라고 부탁하고 얕은 사선으로 기대어 누웠다. 다행히 비스듬히 누웠더니 좀 나아졌다. 기침할 때마다 수술한 배가 당겨서 아픈데, 독기를 품어가며 기침했다. 가래 때문에 숨쉬기가 너무 괴로워서 얼른 제거해버리고 싶었다. 기침할 때 배 근육이 상당히 많이 쓰인다는 걸 그때 처음 알았다.

　회복 때문인지 끊임없이 잠이 왔다. 잠에 취해 있었기 때문에 자다가 눈을 뜨면 몇 시간이 지났는지, 아니면 몇 분이 지났는지, 혹은 며칠이 지났는지 짐작할 수 없었다. 내가 아는 건 갈증이 난다는 사실뿐이었다. 목이 찢어지게 아팠다. 지나치게 아파서, 내 목을 긁어서 뜯어내고 싶을 만큼. 간호사가 와서 내 상태를 체크할 때마다 '물 한 모금만 마시면 안 되나요?'하고 물었다. 목이 너무 건조하다고. 아니면 한 모금 입에 머금고 다시 뱉는 것도 안 되냐고 애원했다. 목이 따끔해서 아플 정도라고. 끊임없이 메말라가는 입속의 건조함을 잠재울 수만 있다면 세상에서 가장 행복한 사람이 될 것 같았다. 간호사는 안 된다고 했다. 수술 후 한동안은 물 한 모금도 마실 수 없었다. 어릴 적 경험에 비추어보면 방귀를 뀌기 전까지는 물을 주지 않을 것이 틀림없었다.

나중에는 가글만 하고 뱉겠다고 애절하게 말했는데, 간호사가 안타까웠는지 젖은 거즈를 가져다주었다. 물에 적신 거즈를 입에 넣어주며 머금다가 뱉으라고 했다. 황송한 마음으로 거즈를 입안에 담으니 입안이 촉촉해졌다. 입안은 거침없이 물을 흡수했고, 거즈는 금방 말라버렸다. 전보다 더 커진 목의 통증을 감당하기 힘들어졌다. 결국 간호사가 근처에 지날 때마다 젖은 거즈를 부탁해야 했다.

젖은 거즈를 입안에 넣고 있을 때는 잠을 자면 안 됐다. 잠결에 거즈를 꿀꺽 삼킬 수도 있기 때문이었다. 그렇게 잠들지 않고 버티는 동안 내 반대쪽 침대에 누운, 온몸에 붕대를 두른 환자에 관해 몇 가지 알게 되었다.

처음 봤을 때는 '왜 저렇게 온몸을 붕대로 감고 있지? 전신 수술을 한 건가?' 멍하니 생각했다. 얼마나 지났을까. 중환자실 가득 고통에 찬 괴성이 울렸다. 간호사 여러 명이 달려와 그 환자가 마구 휘두르는 팔다리를 붙잡아 침대에 묶었다. 그리고 진통제인지 수면제인지를 투입하자 이내 잠이 들었다. 그 뒤로 그 환자가 비명을 지르며 침대에서 버둥거리는 걸 자주 목격했다. 그때마다 나도 같이 잠에서 깨어나 '되게 아픈가 보다.'하고 혼자 안타까워했다.

한번은 간호사에게 저분은 어디가 아픈 거냐고 물어보았다. 전신 화상 환자라고 하셨다. 안타까운 마음이 배가 되었다. '혹시 소방관인가? 아니면 가스 누출 폭발사고 피해를 입은 사람인가?' 이런 추측을 하면서 매 순간 괴로워하는 그분을 연민했다.

그러다 우연히 간호사들이 그분에 관해 대화하는 걸 듣게 되었다. 근무를 교대한 간호사가 다른 간호사에게 저 환자는 어쩌다가 전신 화상을 입게 되었냐고 물었다. 분신자살을 시도한 거라고 조심스럽게 말하는 목소리가 들렸다.

자살? 난 살겠다고 이렇게 발악하는데. 자살에 실패해서 중환자실에 누워 있다는 사실에 어쩐지 화가 났다. 그래놓고 괴성을 질러 자야 할 환자들을 깨웠다니…. 다시 잠들려면 얼마나 힘든데! 아니 깨어 있는 동안 얼마나 고통스러운데! 그렇게 진실을 알게 된 나는 삐뚤어졌다.

그 사람에 대한 연민은 싹 사라졌다. 그가 지르는 괴성 때문에 잠에서 깨어날 때마다 속으로 말했다. '네가 그렇게 죽

고 싶었던 세상에서 난 진짜 살고 싶어. 그러니까 제발 조용
히 좀 해.'하고. 지금이라면 얼마나 힘들었으면 자살을 시도
했을까 했겠지만, 열여덟 살 철없던 나는 그저 화가 났다.

우는 것 말고는 아무것도 할 수 없었다

수술로 전신 마취를 하면 방광에 힘이 없어졌다. 그래서 요도에 소변줄을 꽂아 소변을 빼냈다. 일반 병실로 옮기고 나서야 내가 소변줄을 하고 있다는 사실을 알아챘다. 중환자실에 있는 동안에는 요의가 느껴지지 않았기 때문에 소변에 대해 전혀 생각하지 않았다. 화장실이 가고 싶다는 생각이 들지 않으니 소변 배출에 대해 마음 쓰지 않은 것도 당연했다. 막연하게 먹는 음식이 없으니까 나오는 것이 없을 거로 생각했다. 팔에 꽂힌 링거를 통해 포도당과 영양제가 들어오고 있다는 사실은 간과했다. 아무것도 먹지 않고 어떻게 생존하고 있는지 생각해볼 틈이 없었다. 잠시 눈을 뜨는 시간에도 잠에 취해 몽롱했기 때문에 생각을 제대로 할 수 없기도 했다.

　일반 병실로 옮겨가면서 비로소 또렷한 정신으로 내 상태를 인식할 수 있었다. 수액걸이에 주렁주렁 달린 진통제, 포도당, 영양제 같은 것들과 손가락에 집혀있는 의료기기 같은 것들이 그제야 눈에 보였다. 침대에 매달린 소변 비닐의 존재도 마찬가지였다.

　간호사가 아빠에게 소변량을 재어달라고 말하는 걸 듣고는 '아, 이제 소변을 다시 누게 되나 보다.'하고 순진하게 생각했다. 일어서지도 못하는데 어떻게 소변을 봐야 할지 고민이 되었다. '누워서 엉덩이 밑에 세숫대야 같은 통을 대고 볼일을 보는 건가? 아니면 이제 서도 되는 걸까? 걸어서 화장실에 가서 받아오면 되는 건가?' 따위 생각을 했다. 소변을 누러 갈 때면 수술한 부위가 아프고 힘들 테니 자주 가지 말아야겠다고 결심하면서 어떻게 소변을 누고, 소변량을 재야할지 구체적으로 생각하고 있을 때였다.

　아빠가 침대 옆에 매달린 누런 액체가 든 비닐을 들고, 눈금이 있는 흰 통에 소변을 옮겨 담았다. 갑자기 뒤통수에 벼락이 쳤다. 그 비닐이 내 소변을 모아두는 용도라는 걸 알았을 때는 정말 눈이 튀어나올 듯 놀랐다. 아빠는 소변을 흰 통에 담고서 용량을 확인하더니 종이에 기록했다. 차마 "아빠, 그거 내 오줌이야?"하고 물어보지 못했다. 물어보지 않아도 정황상 확실했고⋯. 나는 입맛을 잃었다.

　같은 병실을 쓰는 사람들이 내 소변을 볼 수 있다는 사실에 모멸감을 느꼈다. 소변줄을 통해 소변이 쪼르륵 흘러내리는 것을 볼 때는 눈물이 날 듯했다. 방금 소변을 눈 것을 누군가 눈치챌 것 같았다. 아니, 보고 있을 것 같았다. 참아보려 애써봤지만, 당연히 방광을 조절할 수 없었다.

　어딘가로 숨고만 싶었다. 그렇게 시시때때로 소변이 나오는 순간이 너무 부끄러웠기 때문에 개인 커튼을 치고 싶었지만, 아빠는 답답한 상태가 싫었는지 커튼을 자주 걷었다. 그럴 때마다 아빠에게 짜증을 내다가 속이 상해서 침묵하고는 했다. '커튼 하나 마음대로 하지 못하는 내 꼴이라니.' 하며 눈물이 치솟는 거였다. 사춘기여서 그랬는지 수술 후 일반 병실에서 아빠와 보낸 그 시절이 유독 힘든 기억으로 남아있다. 자꾸 커튼을 쳐달라고 하는 이유가 부끄러워서라는 걸 알게 된 아빠가 도리어 "그게 뭐가 부끄럽냐. 아파서 그런 건데." 하면서 대수롭지 않게 말할 때는 설움이 북받쳤다. 나를 위로한 것이라는 걸 머리로는 알아도 마음으로는 짜증이 났다. 공감은 못하더라도 그냥 내가 원하는 대로 해주면 안 되는 거냐고 생각했다. 아빠와 보낸 그 몇 주는 무참했다.

내 몸이지만 마음대로 할 수 있는 게 없었다. 나는 그저 누워서 숨 쉬고 있을 뿐이었다. 부탁밖에 할 수 없는 입장에서 거절당할 때의 곤란함과 약간의 절망감은 당혹스러웠다. 다시 아기가 된 것처럼 우는 것 외에 아무것도 할 수 없게 되어버렸다는 사실이 참혹했다. '나만 답답한 거지 뭐.' 싶다가도 점점 화가 나서 '내가 움직일 수 있게만 되어 봐. 아빠한텐 말도 안 걸 거야.'하고 다짐하는 게 고작이었다.

그런 결심 후에도 아빠에게 다시 말을 걸고 부탁해야 하는 게 가장 서글펐다. 어차피 잘 들어주지 않을 걸 알아서, 귀찮아하는 걸 알아서 최소한만 부탁했지만, 그 최소한마저 잘 안 들어주니 진짜 어떻게 해야 할지 알 수 없었다. 그때쯤 아빠도 체력적으로 힘들지 않았을까 싶다. 그 시기에는 아빠를 많이 원망했는데, 아빠도 지쳤던 건지 모르겠다. 수술한 환자에게, 딸에게 화를 낼 수 없어서 묵묵히 쌓여가는 피로를 참아냈는지도 몰랐다. 아니, 분명 그랬겠지. 딸아이의 짜증을 무던히 받아넘기면서.

네? 무슨 병이라고요?

수술로 떼어낸 종양이 악성인지 양성인지 확인하기 위해 조직 검사를 해보기로 했다. 병원에서 회복하는 동안 조직 검사 결과를 기다렸는데, 결과가 나오는데 지나치게 오래 걸리는 것 같았다. 회진을 온 주치의 선생님에게 검사 결과가 나왔는지 계속 물었다.

얼마 동안은 '나는 운이 좋은 편이니까 분명 양성 종양일 거야.'하며 자신을 다독였다. '괜히 걱정하다가 양성 종양이라고 나오면, 마음 졸인 시간이 억울할 거라고.' 생각하며 웃을 여유가 있었다.

하지만 "조직 검사를 다시 한번 해보기로 했다."라는 이야기를 듣자 불안감이 증폭됐다. 의사의 말을 듣고 '제발 악성만 아니게 해줘요!' 날마다 기도했다. 세상의 모든 신을 애타게 찾으며 제발 양성 종양으로 결과가 나오게 해달라고 빌었다. 또다시 며칠이 지나고 회진하러 온 주치의는 "결과가 나왔는데 확실히 하기 위해 마지막으로 한 번 더 조직 검사를 해봅시다."라고 말했다.

유감스럽게도 종양은 악성이었다. 두 번째 조직 검사 결과가 나왔을 때 암 선고가 내려졌다. 주치의에게 암이라는 사실은 대수롭지 않아 보였다. 그보다는 아직 확실히 밝혀지지 않은 병명이 훨씬 심각한 듯했다. 병명이 애매했기 때문에 확실히 하기 위해서 또다시 조직 검사를 하게 되었다.

제일 먼저 든 생각은 '어렸을 적 소아암이 재발한 걸까?'였다. 확정되지 않은 병은 온갖 상상을 하게 했다. 만약 치료가 불가능한 병이면 어쩌지? 불치병에 걸린 거라면, 이제부터 서서히 다가올 죽음을 준비해야 하는 걸까? 머릿속이 복잡했다.

'왜 나만? 왜 내게 이런 일이 생긴 거지? 왜? 어릴 때 아팠으면 충분하잖아. 왜 또 아파야 해?' 원통한 마음과 함께 스무 살은 넘길 수 있을지 의구심이 들었다. 멍하니 있다가도 눈물이 차오르곤 했다. 남들 앞에서 울기는 싫어서 눈물을 머금고 심호흡을 했다. 눈물을 뚝뚝 흘리는 모습만은 보이지 않겠다고 결심하면서 버텼다. 누구에게라도 앞으로 얼마나 더 살 수 있느냐고 묻고 싶었다. "살고 싶어요."하고 조용히 진심을 뱉어냈다가 곧바로 '죽는다고 해도 어쩔 수는 없지.' 했다. 간절함과 체념 사이를 왔다 갔다 했다.

종국에는 '몇 년 남았을까? 죽기 전까지 뭘 할까? 조금 이기적이지만 여행을 다녀야겠다. 여행하면 돈이 드니까 치료비를 여행 경비로 쓰자. 치료 약 혹은 진통제를 먹으면서 여행을 다니자. 남은 시간에는 하고 싶은 것만 하고 살자.'하는 생각까지 갔다. 막연히 생각한 건 앞으로 3~4년 더 살 경우의 계획이었다. 드라마에서는 보통 길어봐야 1~2년이라고 의사들이 말하지만, 내 인생이 그렇게까지 잔인하지는 않을 거라고 믿고 싶었다. 병원에 입원한 채로 죽고 싶지 않았다.

침울한 생각이 범람할 때 세 번째 조직 검사 결과가 나왔다. 생각보다 길었던 기다림 끝에 병명이 밝혀졌다. GIST(위장관 기질종양), 길고 긴 투병 생활을 함께하게 될 병명이었다. 위암, 대장암같이 흔히 들어본 암과 달리 GIST라고 말하면 대부분 처음 듣는다는 표정을 짓는다. 그리고 실제로 처음 들어봤을 것이다. 나와 엄마도 처음 듣는 병이라는 표정을 지었다. 네? 무슨 병이요?

슬프지만 안도했고 기쁘지만 불안했다

낯선 암을 받아들이기까지는 시간이 필요했다. 암이라는 사실을 알고 며칠 동안 실감이 나지 않았다. 앞으로 내 인생은 어떻게 되는 건지 궁금했다. 다른 사람은 병에 걸렸을 때 어떤 반응을 보이는지 모르겠지만, 나는 단지 살고 싶을 뿐이었다. 이대로 죽고 싶지 않았다.

GIST라는 병명을 알려준 주치의 선생님은 좋은 소식을 전하는 말투로 "그래도 조기에 발견돼서 항암치료를 진행하지 않아도 될 것 같습니다."하고 이야기했다. 다행히 수술로 몸속의 종양은 모두 제거되고 눈에 띄는 암세포도 발견되지 않았다. 초기에 발견하고 수술했기 때문에 항암치료를 받을 필요는 없고, 당분간은 정기적으로 병원에 와서 재발 여부만

검사하면 된다고 하셨다. '이게 바로 불행 중 다행인가 보네.'
하는 생각이 제일 먼저 들었다. 슬픈 와중에도 안도했고, 기
쁜 와중에도 불안했다.

　내 앞에서 쉬쉬할 필요가 없어지자, 우리 가족은 GIST에
대해 스스럼없이 대화를 나눴다. 아주 희소한 병이었다. 흔
히 걸리는 병이 아니라는 사실이 위안이 될… 리는 당연히
없지. 모두가 어찌해야 할지 모르는 상태로 우왕좌왕했다.
부산 병원에도 이 병의 증세를 보이는 환자가 있다고 했다.
이미 치료해본 경력이 있다고 하니 안심이 됐다. "완치한 분
은 있어요?"라는 질문에 주치의가 대답을 피해 다시 불안해
졌지만.

　나는 당시 다니던 병원의 소아과에서 GIST에 걸린 유일
한 환자였다. 그때 주치의는 "이 병은 상당히 희귀한데 젊은
사람이 걸리는 건 더욱 희귀하다."라고 했다. GIST는 소아암
이 아니라 성인 암이었다. 의사들도 신기하게 생각하는 것처
럼 보였다. 내 앞에 와서 알 수 없는 말로 의사들끼리 쑥덕거
릴 때면 불쾌해졌다. 꼭 인체 실험을 당하는 느낌이었다.

그 후로도 검사를 위해 정기적으로 소아과 병동에 입원했다. 자그마한 아이들이 가득한 병실에서 덩치도 훨씬 크고, 성인 암에 걸린 나를 보고 있자니 남몰래 한숨이 나왔다. 재발 가능성을 염두에 두고 어릴 적 치료를 담당한 의사 선생님에게 왔기 때문에 소아과 병동에 입원한 것일 테지만, 부끄러움은 온전히 내 몫이었다. 누가 봐도 '소아'가 아니었던 내가 소아과(GIST로 소아과에 입원한 건 2004년으로, 소아과의 명칭은 2007년 6월부터 '소아청소년과'로 바뀌었다.) 병실에 있는 것은 이상해 보였다. 같은 병실에 병문안 온 사람들이 모두 의아하게 쳐다봐서 어디 쥐구멍에 숨고 싶은 심정이 되었다. 병실에 들어온 의료진도 흠칫 놀라는 것처럼 보였다.

고작 열여덟에 도대체 왜 성인 암에 걸린 건지 모르겠다. 그때 내 몸은 진정 어르신들과 같은 상태였단 말인가. 하긴 병에 성역이 어디 있겠는가. 그런데 왜 병 이름이 '암'인 걸까? 도대체 누가 암이라고 지은 거야, 끔찍하게. '나비'같은 이름이면 좋잖아. 아니지. 그럼 나비란 단어가 끔찍해지겠네.

지금까지의 평온한 나날이 갑자기 커다란 혼란 속으로 끌려간 것처럼 느껴졌다. 부모님은 그 혼란에 크게 흔들리셨을까? 부모님은 내게 의연한 모습을 보였지만, 내가 만약 부모님이었다면 힘들었을 것이다. 어릴 때 아팠던 아이가 또 아프단다. 하늘이 무너지는 기분이었을까, 아니면 신에게 왜 또 이러냐고 원망을 하셨을까.

무너지지 않는다고, 그러니까 걱정하지 말라고, 꼿꼿이 허리를 세우고 있는 게 나로서는 가족들에게 해줄 수 있는 전부였다. 나로 인해 한 번 더 상처받고 쓰러지지 않도록. 환자가 무너지면 끝이라고. 그건 지옥 같은 병원 생활을 예고하는 일이라고 생각했다. 환자만큼 지쳐 가는 것이 가족이니까 이왕이면 즐거운 분위기로 투병 생활을 하고 싶은 바람이었다. 죽을상을 해도 달라지는 건 없었다. 그러니까 웃자면서 자신을 달랬다.

모든 일이 그렇듯 어느 순간 슬퍼하며 하루를 보내는 대신 현실을 받아들이게 되었다. 언제까지 계속되는 슬픔은 없었다. 슬퍼할 시간을 계속 가질 수 없었다는 게 정확할 것이다. 시간은 방황하는 나를 떠밀며 앞으로 나아갔다. 잠시 멈칫거렸지만, 다시 내 일상에 병원을 포함하는 건 어렵지 않았다. 하긴 받아들이지 않으면 또 어쩌겠나. 죽지 않으려면 살아남아야 했다. 어떤 환경 속에서도 나는 살고 싶었다.

　죽는 게 뭘까? 아무것도 아닐 수도 있고, 잘 모르겠다. 그
때 죽을 수 없다고 생각한 이유는 우리 엄마, 그러니까 가족
들이 슬퍼하는 걸 보고 싶지 않아서였다. 내 장례식이 너무
슬플까 봐 그랬다. 아직은 이르다고.

함께 걸어 행복한 날

고2 여름방학 때 암 수술은 갑작스러운 사고처럼 느껴졌다. 그 사고의 중심에서 나는 학교를 유급해야 할지 걱정하며 보냈다. 친구들이 모두 대학에 다닐 때 여전히 고등학교에 다니고 있어야 하는지, 만약 그렇게 된다면 학교에서 친구를 사귈 수 없을 것 같아서 왕따가 될지도 모른다는 걱정이 컸다. '차라리 검정고시를 볼까?' 하다가, 그게 낫겠다며 혼자 결론까지 내렸다.

다행히 조기에 발견했기에 눈에 띄는 혹은 수술로 제거할 수 있었다. 숨어 있는 암세포까진 어떻게 할 수 없었지만 그래도 주치의 선생님은 긍정적으로 보셨다. 최종적으로 항암치료 없이 정기 검진만 하면 될 것 같다는 소견이었다. 앞으로 5년, 병이 발견되지 않는다면 완치 판정을 받게 될 것이었다. 최악의 상황까지 고려했기 때문에 생각지 못한 선물을 받은 느낌이었다.

내가 입원해 있는 동안 여름방학이 끝나고 2학기가 시작되었다. 그때까지 퇴원하지 못했기 때문에 학교는 결석할 수밖에 없었다. 내가 학교에 가지 않은 이유를 친구들이 어떻게 알고 있을지 궁금했다.

개학 전에는 회복해서 퇴원하고 싶었는데, 학교에 가지 않으면 사람들이 그 이유를 알게 될까 봐 그랬다. 반 친구들이 내가 수술했다는 사실을 몰랐으면 했다. 초등학생 때는 학교에서 아픈 아이로 너무 유명했고 그게 몹시 버거웠다. 중학생 시절에는 전교생 중 상당수가 같은 초등학교에 다닌 아이들이었다. 그래서 여전히 많은 아이가 나를 알았다. 아픈 아이, 걔, 모금함…. 고등학교에 진학하고서야 아픈 아이가 아니라 그냥 평범한 학생이 되었다고 생각했다. 그러한 이유로 눈앞이 노래지던 그날도 쓰러지지 못한 거였다. 전교생이 구급차를 타고 간 쓰러진 애에 관해 얘기하는 끔찍한 상황을 피하고 싶었으니까.

다행히 반 친구들은 내가 어디가 아파서 입원했다는 대략적인 사실만 알고 있었다. 내가 수술했다는 사실을 알았던 가, 몰랐던가. 등교했을 때 부담 없을 만큼만 알고 있었던 것 같다. 그래서 등교 후에도 여전히 평범한 학생 중 하나로 어울릴 수 있었다. 미주알고주알 나에 대해 말하지 않은 선생님에게 감사했고, 과도한 관심을 두지 않은 친구들이 고마웠다. 특별 취급은 초등학교, 중학교 때로 정말 충분했다. 여전히 체육 시간은 열외로 벤치 신세였지만 그 외 학교생활은 보통 아이들처럼 지냈다. 방학 전과 크게 달라지지 않은 일상에 감사했다. 나는 학교에서 암 환자이기보다 학생일 수 있었다.

그다음 해부터 등교할 때 버스를 타지 않고 걸어 다녔다. 이대로는 평생 병원과 친하게 지내야 할 것 같아서 운동을 하려고 마음먹고 혼자서 할 수 있는 걷기 운동을 시작했다. 학교까지 얼마나 걸릴지 몰라서 첫날은 넉넉하게 2시간 정도 일찍 출발했다. 학교까지는 1시간 30분 걸렸다. 힘들어서 앉아서 쉬고, 서서 쉬고, 반복해서 쉬어야 했다. 도착했을 때는 온몸에 땀이 흥건했다. 그렇게 오랫동안 걸어본 적은 처

음이었다. 교실에 들어서면서 '내일부터는 수건을 하나 챙겨
와서 세수라도 하고 좀 닦아야겠다.'라고 생각했다.

　매일 걷다 보니 중간에 쉬는 횟수가 줄어들었고, 숨이 차
는 속도도 늦어졌다. 두 달 정도 지나자 집에서 학교까지 걸
어서 등교하는데 50분 정도 걸렸다. 그즈음은 멈추어 쉬지
않고 계속 걸을 수 있게 되었다.

　체력이 늘어나자 운동량이 아직 부족하다는 생각이 들었
다. 하교할 때도 걷기로 마음먹고 친구들이 버스를 타고 갈
때 혼자 걸어서 집으로 돌아왔다. 그러다가 어느 순간부터
친구들과 함께 걸어서 하교하게 되었다. 친구 한 명이 대화
하면서 같이 걷자고 제안했다. 함께 보내는 시간이 적다는
이유였을 것이다. 하교할 때면 친구들과 함께 넷이서 학교
후문으로 나와서 집으로 걸어갔다. 뭐가 그렇게 재밌었는지,
그 길 내내 많이 웃고 떠들었다.

　그렇게 고등학교 3학년 때는 비가 오나 눈이 오나 함께
걸어 다녔다. 주변에 좋은 사람이 많아서 정말 행복했다.

아파서, 웃었다

삶이 간절했던 만큼 그때 나는 "죽고 싶어?", "죽고 싶다."라는 말을 가볍게 하는 사람들이 미웠다. 힘들다는 말을 왜 죽음을 들먹여서 표현해야 하는지, 그 무심함이 싫었다. 그래서였나, 죽고 싶은 이들의 수명을 뺏어와 간절히 살고 싶은 사람의 수명에 더해주고 싶다는 생각까지 했다.

대부분 사람은 죽음에 관해 깊게 생각하지 않는다. 깊게 생각한다면, 우리의 일상생활은 불가능하겠지. 죽음은 도처에 있는데, 그걸 발견하는 사람은 언제나 '병'에 걸린 사람들이겠지. 살고 싶다. 정말 살고 싶다.

'정말 죽겠다'는 표현을 쓰지 않기로 한 결정적 계기가 있었다. 수술하고 난 이후에 "당신의 오늘은 어제 죽었던 이가 간절히 원했던 내일"이라는 유명한 문장을 보게 되었다. 이 문장을 보고 죽음이란 말을 함부로 뱉으면 안 되겠다 싶어졌다.

삶에 대해 생각하는 시간이 많아지자, 매시간 행복하게 보내자는 다짐을 하게 됐다. 행복해지기 위해서 많이 웃고 싶었다. 어디선가 웃음의 효과에 대해 듣고 나선 더 적극적으로 노력했다.

"나는 지금 아파. 아주 많이. 그래서 자주, 많이 웃어야 해."하고 되뇌면서 예능 프로그램을 많이 봤다. 당시에는 '웃음 치료'라는 걸 알기 전이었지만, 우울에 빠지지 않기 위해서 필사적으로 예능을 봤다. 그 시절에는 웬만한 예능 프로그램은 다 보았다. 가끔 드라마를 보기도 했지만, 손에 꼽을 정도였다. 웃음이 헤픈 시절이었다. 낙엽 굴러가는 것만 봐도 웃을 수 있는. 내 인생에 우울한 일이 닥칠수록 즐거운 일의 비율도 맞춰야 한다면서 자꾸 웃으려 노력했다. 웃는 시간이 우는 시간보다 조금은 더 많기를 바랐다.

아이에서 어른으로

두 번째 암 수술 이후 5~6개월마다, 그러니까 방학이 시작하면 며칠간 입원해 검사를 받았다. 그렇게 총 7번의 정기 검진을 받았는데, 별다른 이상이 없다는 결과를 들을수록 재발할 리 없다는 확신이 강해졌다. 정기적인 검진만으로 병이 예방되는 것은 아니었다. 그런데도 충분히 병을 관리하고 있다고 생각했다. 검사 결과가 괜찮다는 주치의 소견을 들으면 마음이 편해졌다.

정기적으로 혈액 검사를 비롯해 CT 촬영, 초음파 검사, MRI, 위내시경, X-ray, PET 등의 다양한 검사를 필요에 따라 하고는 했다. 주로 한 것은 CT 촬영, X-ray, 혈액 검사였다.

한번은 입원하여 정기 검진을 받았는데, 그날은 온종일

잠이 왔다. 꾸벅꾸벅 졸고 있을 때 간호사 언니가 와서 골밀도 검사를 해야 한다며 깨웠다. 비몽사몽 하던 중에 지하 검사실로 내려갔다. 밖에서 대기하던 중에도 잠이 깨질 않아서 고개가 자꾸만 아래로 꺾였다.

준비가 끝나고 골밀도 검사 기계 위로 누웠다. 그날의 검사는 그냥 누워 있으면 됐다. 가만히 누워 있으면 사각형의 넓적한 판 하나가 코앞까지 내려와서 왔다 갔다 하며 움직였다. 어릴 땐 그 기계가 너무 가까이 내려와서 그대로 찌부러지는 건 아닌지 무서워서 검사 내내 두 눈 부릅뜨고 기계를 지켜봤다. 몸에 거의 닿을 듯 가까운 거리에서 움직이는 기계 때문에 긴장하며 두려움에 떨었다.

컸다고 긴장감도 없어졌는지 그날은 검사대 위에서 그대로 잠이 들었다. 그사이에 꿈까지 꾸면서 말 그대로 숙면했다. 검사실은 어느 계절에 가도 서늘해 늘 조금 추운 느낌이었는데 그날만은 '참 시원하다.'하고 태평하게 생각했다. 적당한 온도 때문인지 깊이 잠이 들었다.

결국 검사관이 흔들어 깨웠는데, 처음에는 무슨 일인지 파악이 안 돼서 눈만 끔뻑끔뻑하고 있었다. 검사관이 웃으며 이제 검사가 끝났으니 가면 된다고 했다. 다들 못 말린다는 표정으로 웃고 있었다.

부끄러워서 급하게 일어나 검사실을 나왔다. 밖으로 나오자마자 기다리던 언니에게 "검사하는데 얼마나 걸렸어?" 하고 물어봤다. 15분 내외, 그 시간 동안 완전히 푹 자버렸다는 게 믿기지 않았다. 검사하다가 존 것도 아니고 완전히 숙면했다니. 문이 닫힐 때 들렸던 검사관들의 웃음소리가 지금도 잊히지 않는다.

민망한 마음에 '6개월에 한 번씩 검사를 하다 보면 나처럼 검사하다가 자는 경우도 있겠지. 설마 나만 그렇게 속 편하게 잔 건 아닐 거야.' 했다. 일상이 된다는 것은 이렇게 긴장감이 사라지고 느슨해진다는 걸까? 문득 정기 검진의 한 과정을 일상적으로 해내는 나를 발견했을 때, 조금 서글펐던 것 같다. 나는 어쩔 수 없는 '병원 아이'인 것만 같아서….

성인의 경계선에 서 있었을 때 "아픈 어른은 싫은데…." 하며 읊조렸지만, 점점 그런 수렁에 빠져가는 것처럼 느껴졌다. 아이는 성장하니까 끝이 있는데, 어른은 그때부터가 시작인 것처럼 보였다.

병원에서 만난 사람들

　　　　　　　　오랫동안 항암치료를 받으면서 병원에는
낯익은 사람이 많았다. 어릴 때부터 보았던 익숙한 얼굴을
다시 만나게 될 때면 "아직도 여기 다니세요?"하고 반갑게
아는 척을 하고 싶어졌다. 실제로 아는 척을 해본 적은 없다.
많은 환자 중 나를 기억할 리도 없을 테고, 만약 나를 알아본
다 해도 다시 만나서 반갑다는 말을 건네기엔 장소가 좋지
않았다.

　한번은 나를 알아보고 "아직도 병원에 다니니?"하고 말
을 걸어온 분이 있었다. 그분은 채혈실의 직원이었는데 10년
전보다 나이가 들었지만, 인자한 미소는 여전했다. 그분의
물음에 "다른 병에 걸렸어요."라고 조그맣게 말하는 내가 비

참했다. 그분은 "어쩌면 좋니…."라고 했고, 나는 "그러게요."
하고 힘없는 웃음을 지을 수밖에 없었다. 정말 어쩌다 그랬
을까. 이곳에 돌아와서는 안 되었는데.

야쿠르트 아주머니도 나를 알아보셨다. 엄마에게 "맞죠?
어릴 때 여기 소아과 병동에서 치료했던 애?"하고 말을 걸어
왔다. 나는 그냥 어색한 미소를 지었고, 엄마는 아주머니와
이야기를 나눴다. 10년 전에도 야쿠르트 아주머니는 병실의
엄마들과 친했다. 병원 보호자들과 항상 이런저런 대화를 나
누고는 했다. 야쿠르트 아주머니와 이야기하면서 엄마는 감
정이 북받쳐 올랐는지 눈물이 맺혔다. 야쿠르트 아주머니는
힘내라면서 엄마의 손을 잡아주었다. 유제품 5개를 통에서
꺼내주셨고, 엄마가 돈을 주려 하자 괜찮다면서 한사코 거절
했다. 아주머니가 병실을 나가기 전 내게 "한 번 이겨냈으니
까, 또 이겨낼 수 있을 거야."하고 위로하셨는데, 그 말이 지
칠 때마다 나를 일으켜 세웠다.

소아과 병동에서 일하는 간호사 역시 나를 금방 알아보
았다. 병원 엘리베이터 안에서 퇴근하던 간호사 언니와 마주

쳤는데 "어릴 적에 소아과에 다녔던 분 맞죠?" 하고 먼저 말
을 걸었다. 무슨 일로 왔냐는 질문에 검사하려고 소아과 병
동에 입원했다고 대답하면서 내심 자세히 물어보지는 않았
으면 했다. 마침 엘리베이터가 1층에 도착해서 대화는 더 이
어지지 않았다.

　병원에서 아는 얼굴을 만날 때면 반가움과 곤란함이 교
차했다. 병에 걸려서 다시 병원을 찾았다는 사실에 상대도
어쩔 줄 몰라 했다. 내가 겨우 뱉어내는 "괜찮아요. 어쩔 수
없죠." 같은 말은 공허하게 느껴졌다. 그런 일이 반복되다 보
니, 마냥 기뻐하기보다는 마주치지 않도록 피해버렸다.
　소아과 병동에는 익숙한 얼굴이 많았지만, 다행히 환자
들은 낯선 얼굴뿐이었다. 어릴 때 봤던 친구들이 아직 병원
에 다니고 있다는 건 어느 모로 보나 좋은 일이 아닐 테지.
다들 완치해서 무사히 살아가고 있으려나. 혹 그 시절 함께
치료를 받았던 아이들이 죽었을까 생각하면 가슴에 찬바람
이 스산하게 불어왔다.

668, 669호 어린이 병실

소아과 병실에서 아이들을 바라보면 인생의 괴로움과 고난을 너무 일찍 경험하는 것은 아닌가 싶어 안타까웠다. 죽음의 문턱에 아슬아슬 매달린 삶을 지켜보면서 '왜 이토록 어린아이들에게 이런 시련을 주는 거죠?'하고 신에게 묻고 싶은 심정이었다. 엄마 품에서 억지로 떨어져 나온 듯 불안에 떠는 아이들을 목격할 때면 더없이 가여웠다. 그런 스스로의 감정이 동정과 연민이라는 걸 눈치챈 뒤에는 죄책감이 잇따랐다. 어린 시절 내가 그렇게 거북하게 여겼던 시선을 아이들에게 보내고 있는 것 아닌가 하는.

병원에서도 아이들은 웃고 울고 장난치며 놀았다. 아이들은 밝았다. 감당할 수 없이 아프고 힘든 날은 침대에 누워

소리 없이 눈물을 흘리는 처연함이 있었지만 그래도 아이다 웠다. 신기했다. 이 고난 속에서도 해맑게 웃는 소리를 들을 수 있다는 것이. 그런 모습을 보면서 어린 시절을 돌아보게 되었는데, 내가 생각한 것보다 훨씬 괜찮은 환경이었는지도 모르겠다는 생각을 하게 되었다. 나는 지나치게 소심한 나머지 안으로만 파고들어서 몰랐지만, 밖은 아이다운 즐거움도 있는 공간이었을지 모르겠다고. 그렇게 10년이 흐른 뒤 소아과에 대한 이미지가 달라졌다.

아이들의 해맑음 덕분에 나도 따라서 기분이 산뜻했다가 같은 병실 아이의 상태가 심각해질 때면 나뿐만 아니라 병실 분위기가 전체적으로 가라앉고는 했다. 우울한 감정은 빨리 전염되었다. 이런 건 10년 전이나 지금이나 똑같구나 싶었다.

아이들은 대체로 어른 환자보다 밝았다. 그리고 아프지 않은 아이는 더욱 해맑았다. 어린이 병동의 놀이방에는 컴퓨터가 한 대 있었는데 듣기로는 어린이 환우를 위한 재단에서 돈을 모아서 마련해준 것이라고 했다. 아픈 아이들은 체력이 약해서 그런지, 아니면 부모님이 못하게 막는 건지 좀체 컴퓨터를 하지 않았다.

가끔 놀이방에서 격렬하게 노는 아이들도 있었는데 그런 아이들은 항상 일상복을 입고 있었다. 환자가 아니라 문병을 온 아이들이었다. 환자복을 입은 아이와 일상복을 입은 아이는 전혀 다른 인종 같았다. 아픈 아이들은 작게 조용히 놀았고, 일상복을 입은 아이들은 시끌벅적하게 놀이방을 온통 휘저으며 놀았다. 그러면 일상복을 입은 아이의 부모는 "조용히 놀아라. 소리 지르지 마라."하고 혼을 냈다. 아이들은 혼이 나면 잠깐 얌전해졌다가 다시 지치지 않고 열정적으로 놀았다.

　언제부터인지 모르지만 668, 669호 환자를 위한 모임이 생겼다. 아마 중증 환자들인 만큼 자주 입원을 했기 때문에 보호자들도 병실에서 번번이 만나게 되었을 것이다. 그러면서 지치고 힘든 서로를 돕고 격려했을 테다.

　병원 뒷골목 주택가에 668, 669호 소아과 병실 보호자를 지원하는 집도 마련했는데, 보호자들끼리 돈을 모아 집을 임대해 보호자 쉼터를 만든 거라고 했다. 멀리서 온 가족들이 자고 갈 수 있게 방도 하나 있다고 했다. 병실의 보호자용 간이침대는 한 사람만 잘 수 있기 때문에 마련한 듯싶었다.

보호자들은 보호자 쉼터의 주방에서 반찬이나 찌개, 국 등을 요리해서 병실로 가져오고는 했다. 당시 병원은 보호자가 씻을 만한 환경이 마련되지 않았는데, 각층 남녀 샤워장에 환자 외에는 씻지 말라는 안내문이 붙어있던 때였다. 간병을 위해 와 있던 친언니도 종종 보호자 쉼터에 가서 씻고 오고는 했다. 보호자 쉼터는 사막의 오아시스 같은 장소였다.

고등학교 졸업을 앞둔 겨울, 다시 소아과 병실에 입원한 때였다. 보호자들이 쉼터의 전세 계약이 만료되었다고 걱정했다. 옆에서 듣기로는 집주인이 계약 연장을 해주지 않겠다고 했단다. 돈을 더 올려주겠다고 해도 거절했다고. 집주인이 나가달라고 한 이유는 매번 낯선 사람이 찾아오니 옆집은 물론 아파트 단지 내에서 논란이 있다는 거였다. 소아과 병동에는 많은 아이들이 입·퇴원했다. 그만큼 많은 보호자가 쉼터에 다녀갔을 거였다. 낯선 이들이 자꾸 아파트 단지에 나타났을 테니 주민들이 긴장할 만하다 싶었다.

그래도… 머리로는 이해해보려고 해도 마음은 너무하다 싶었다. 사람들이 야속했다. 어린이 환자의 보호자들을 위한 쉼터라는 걸 주민들이 몰라서 그러나 싶었는데, 알고 있단다. 알아서 내쫓고 싶어 했다는 거였다. 집값 떨어진다고.

　우리들이 마치 위험한 바이러스를 퍼뜨리는 존재가 된 듯했다. 마치 내 존재가 위험물로 분류되어 폐기되어야 한다고, 그곳 주민들이 나를 내쫓은 기분이었다. 정말 내 병이 전염병이라도 되어서 사람들에게 마구 옮기는 못된 상상을 하다가 '당신들은 평생 안 아플 것 같냐'고, 저주의 말도 속으로 뱉어보았다. 하지만 결국에는 내가 언제나 하던 생각으로 돌아갔다. '그래, 아픈 게 죄야. 결국 내가 아픈 게 문제야.' 그날따라 유난히 쓴맛이 길게 남았다.

엄마 아빠가 여기 있어

내가 주로 입원했던 668, 669호 병실 앞에는 신생아 중환자실이 있었다. 입원한 아기들을 가족이 볼 수 있도록 커다란 유리창이 나 있는데 항상 커튼이 처져 있었다. 커튼이 열릴 때는 가족들이 방문할 때뿐이었는데 그러면 복도는 울먹이는 목소리로 가득했다.

처음 입원하고 복도에 사람들이 바글바글 서 있을 때면 "왜 저기 서서 길을 막고 있는 거야."하고 짜증이 났다. 병문안을 온 사람들이 복도에 나와서 떠드는 줄 알았다.

어느 날 병실 앞을 지나며 "엄마, 여기는 뭐하는 곳이야?" 하고 물어보았다. 신생아 중환자실이라는 말이 돌아왔다. 그동안 마주쳤던 분들에게 죄송해졌다.

엄마는 내가 태어날 때부터 아파서 하루에도 몇 번씩 병원에 데려갔다고 한다. 어째서인지 엄마는 그 일에 죄책감을 가졌다. 그래서 그 후로 신생아 중환자실을 지날 때면 나를 낳고 내가 아플 때마다 미안해했을 젊은 엄마의 모습이 떠올랐다. 이 앞에 서 있던 사람들 중에 아기가 태어나자마자 중환자실에 입원시켜야 했던 엄마도 있을 테지. 도대체 어떤 기분일까. 그 엄마도 건강하게 낳아주지 못했다는 미안함을 가질까. 전혀 그럴 필요 없는데…. 아기들도 나처럼 세상에 태어나게 해준 것만으로 감사할 거라고 생각했다.

　한번은 늘 닫혀 있던 통유리창 커튼이 걷혀 있었다. 그 앞으로 엄마 아빠로 보이는 두 사람이 서 있었다. 안에 있는 간호사가 통유리 너머로 조심스럽게 보여주는 아기는 정말이지 너무 작았다. 두 사람은 아기의 이름을 부르며 "엄마 아빠 여기 있어."라고 말했다. 면회 시간은 짧았다. 젊은 부부는 아쉬운 듯 쉽게 떠나지 못했다. 남편은 아내의 어깨를 끌어안으며 "분명 건강해져서 집에 갈 수 있을 거야. 걱정하지 말고 몸 추슬러."하고 말했다. 그 말을 들으며 나도 아기가 건강해져서 집으로 갈 수 있으면 좋겠다고 생각했다. 그리고 더는 병원과 친숙한 삶을 살지 않았으면 좋겠다고.

간호사 뒤로 산소 호흡기를 하고 의료기기를 주렁주렁 달고 있는 아기들이 보였다. 태어나면서부터 사는 게 버겁다니. 이토록 힘겹다니. 아기들이 무사히 살아서 집으로 돌아가기를 바랐다. 작은 생명들이 저기서 사라지지 않기를 진심으로 소망했다. 그날 처음으로 신생아 중환자실 앞에 서서 말을 걸었다. "얘들아, 죽지 마. 살아서 집에 가. 힘내. 너희를 사랑하는 사람들이 있어." 혹시 누가 들을까 조그맣게 읊조리는 내 목소리에는 울음이 배여 있었다.

왜 약하게 태어나는 아기들이 있는 걸까. 건강하지 못한 아기들의 존재는 억울했고, 분했고, 무엇보다 어째서냐고 따져 묻고 싶었다. 나는 사실 내 삶의 억울함을 같이 뱉어내고 있었는지도 모른다. 왜 태어나자마자 아픈 사람이 있는 거냐고, 그게 왜 나였어야 하냐고.

며칠 뒤 어느 가족이 그 앞에서 대성통곡하는 소리를 듣고 말았다. 한 아이가 하늘로 가버렸다. 나는 여전히 살아있고, 여전히 아프고, 여전히 병원에 다니며, 여전히 그날을 기억한다.

3장

뭐라도 한다는
위안

시련이 없는 인생은 어디에도 없다지만
도대체 나한테 왜 이러는 건지.
우울한 그림자는 일상을 깨고 들어와
소중한 꿈들을 무너뜨렸다.
불운을 막을 힘이 내게는 없었다.

대학 생활 그리고

고등학교에 다니는 동안 가고 싶은 대학에 성적을 맞추기 위해 열심히 공부했고 가산점을 받기 위해 자격증도 취득했다. 처음으로 내 꿈을 향해, 목표를 향해 달린 3년이었다. 4년제 대학에 가라는 선생님들의 설득에도 꿋꿋이 준비해왔던 전문대학에 수시 원서를 넣었다. 처음으로 가진 장기 목표였기 때문에 계획을 바꿔서 다른 대학에 지원해서는 안 된다고 생각했다.

그 대학에 꼭 가고 싶었는데 등록금이 비싼 게 마음에 걸렸다. 그래서 장학금을 받으며 입학하기 위해 노력했고, 마침내 원하던 대학에 학과 수석으로 합격했다.

꿈을 찾아 집에서 멀리 떨어진 경기도의 한 대학에 입학

했다. 집을 떠나온 건 처음이었다. 입학하고 3개월은 향수병을 앓았다. 그동안 내가 혼자 있는 시간을 좋아한 건 나를 사랑해주는 사람들 속에 둘러싸여 있어서였다는 걸, 언제든 따뜻한 그 공간에 들어설 수 있기에 혼자 있는 시간도 즐길 수 있었다는 걸, 온전히 홀로 지내면서 알게 되었다. 오늘 있었던 일에 대해 시시콜콜 얘기할 수 있는 상대가 곁에 없다는 건 외롭고 쓸쓸한 일이었다.

낯가림이 심해서 친구를 사귀는 게 힘겨웠고, 그래서 대학 초반에는 거의 혼자 지냈다. 꿈이고 뭐고 다 포기한 채 집으로 돌아가고 싶었다. 혼자 밥을 먹는 것에 익숙하지 않아서 더 그랬다. 기숙사에서는 여럿이 어울려 먹는 친구들 사이에서 혼자 먹는 게 눈치가 보여 사람이 적은 시간에 가서 밥을 먹고는 했다. 이르거나 늦은 시간에 가서 밥을 먹다 보니 배가 고파서 간식이 늘었고, 칼로리 높은 음식을 먹게 됐다.

얼마 지나지 않아서 기숙사 친구들과 함께 밥을 먹었지만, 여전히 건강식은 아니었다.

대학 시절 내내 거의 공부만 하며 보냈다. 2년이라는 짧은 교육 기간 때문인지 과제가 많았고, 해야 할 공부는 점점 늘었다. 컴퓨터로 SBS 라디오를 들으며 밤늦게까지 과제를 했다. 처음엔 밤 8시 라디오, 그다음에는 밤 10시 라디오, 그다음에는 밤 12시, 그리고 마침내 새벽 2시 라디오까지 듣게 되었다. 새벽 4시까지 시험공부와 과제를 하다가 해 뜰 무렵 침대에 올라가 잠을 잤다. 그렇게 자신을 학대했다.

아침이면 눈을 뜨기 힘들었고 가위에 눌리는 일이 잦았다. 사계절 내내 입술 위에는 대상포진이 났다. 그런데도 나는 멈추지 못했다. 몸을 한계까지 몰아붙이고는 했다.

학비가 너무 비싸서 장학금을 받아야겠다고 결심해서 더 필사적으로 공부했다. 학비만큼은 스스로 해결하고 싶었다. 다행히 장학금은 매 학기 받았다. 어려서부터 성인이 되면 경제적으로 독립해야 한다고 다짐했는데, 그때는 대학 졸업과 동시에 취업하게 되면 경제적 독립을 이룰 수 있을 거라고 생각했다.

그랬기에 졸업을 앞둔 마지막 겨울방학에 병이 재발했을 때 쌓아왔던 모든 게 무너진 것 같았다.

재발

대학을 졸업하기 직전 정기 검진에서 병이 재발한 것을 발견했다. 당연히 아무 이상이 없을 거라고, 주치의가 평소와 같이 "괜찮네요."라고 말씀하실 줄 알았는데….

그날 진료실에서 아빠와 주치의가 대화를 나눌 때 딴짓을 했다. 애써 대화 내용을 듣지 않으려 했지만 "재발해서 항암치료를 시작해야겠다."라는 말이 들려오자 더 이상 관심 없는 척 연기할 수 없었다. 순식간에 눈물이 맺혔다. 울면 안 된다고, 강해져야 한다고 스스로를 달래며 다음 말을 집중해서 들으려 했다. 그런데 도통 무슨 말인지 집중할 수 없었다. 억울하고 화도 나고 무엇보다 상황을 이렇게 만든 내가 한심했다. 한편 혼자가 아니라 아빠와 검사 결과를 들으러 와서 다행이다 싶었다. 가족들에게 "나 재발했대." 하고 직접 말하는 고통은 피할 수 있을 테니….

집으로 돌아와 혼자 있게 되었을 때에야 비로소 실감이 났다. 병이 재발했다. 암이 재발했다. 종양이 발견됐다. 본격적으로 항암치료를 받아야 한다…. 이런 말들이 도돌이표처럼 반복되었다. 사무치는 서러움에 이불 속에서 펑펑 울었다. '암세포가 많이 퍼졌대. 정기 검진을 한지 6개월도 지나지 않았는데, 이게 무슨 일이야! 어떻게 이래!' 비명처럼 터져 나온 진심이었다. 그동안 어떤 일에도 그럭저럭 잘 버텨 왔는데, 그날은 하늘이 무너지는 것 같았다.

주치의는 수술했던 병이 재발한 게 맞는지 확인해야 한다고 하셨다. 그 얘기를 듣자 또 새로운 병에 걸린 건 아닌지 두려워졌다. 이러나저러나 병에 걸린 건 똑같은데, 세 번째 미지의 병에 걸린다면 그때는 정말 살아가기가 무서울 것 같았다.

다시 정밀 검사를 받았는데 어떤 검사에서는 암이다, 또 다른 검사에서는 아니다, 검사 결과마다 차이가 났다. 그 때문에 다양한 검사를 하고, 또 했다. 주치의도 애매한 검사 결과로 병명을 판단하기 어려운 듯했다. 검사 결과가 불명확했기 때문에 결국 조직 검사로 판단하기로 했다. 서울에도 판독을 의뢰했다. 병실에서 결과가 나오기를 마냥 기다릴 수밖에 없었다.

혹시 어릴 때 병이 재발한 게 아닐까 생각할 때쯤, 불행 중 다행인지 GIST로 판명됐다. 그나마 익숙한 병명을 다시 들은 것에 감사했다. 곧이어 서울에 보냈던 조직 검사 결과에서도 GIST로 판명이 났다. GIST 재발이었다.

우리 가족은 검사 결과가 나오기 전날까지도 기적적으로 양성 종양으로 판명되길 간절히 바랐다. 마지막 보루였던 조직 검사는 결국 악성 종양으로 판명됐고, 다시 한번 하늘이 무너졌다. 알고 있었지만, 짐작했지만, 그래도 혹시 모를 기적을 기대했기에 슬픔은 컸다.

간에 암세포가 너무 많이 퍼져서 수술하기에는 늦었다고 했다. 날마다 무리하며 생활한 결과라는 생각이 들었다. 대학 생활 2년 동안 매일 피곤했고 수면 시간은 턱 없이 부족했다. 어쩌자고 그런 생활을 계속한 걸까. 성실한 성격에 발

목 잡혔구나 싶었다. 재발의 원인은 과로가 틀림없어 보였다.

자책은 날로 심해졌다. 운이 좋아 병을 빨리 발견했고 서둘러 수술했기에 정기 검진으로 경과만 확인해왔는데 4년 만에 모두 끝이 났다. 암은 일정 기간 몸속에 숨어 있다가 다시 활동을 시작한다는데, 내게는 그런 일이 일어날 리 없다고 믿으면서 부정적인 말들을 무시했다. 절대 재발할 리 없다는 듯 오만한 태도로 살았다. 이런 자만으로 인해 또다시 삶이 송두리째 흔들릴 줄 어찌 상상할 수 있었을까.

시련이 없는 인생은 어디에도 없다지만 도대체 나한테 왜 이러는 건지. 우울한 그림자는 일상을 깨고 들어와 소중한 꿈들을 무너뜨렸다. 불운을 막을 힘이 내게는 없었다.

이길 수 있다

별로 좋지 않은 태도일 수 있지만 몇 번이고 과거를 돌아보게 됐다. 잘못된 생활 방식 때문에 암에 걸린 게 아닐까? 그래서 몸에 미안해졌다. 좀 더 일찍 관심을 가졌다면 좋았을 텐데…. 몸을 위해 뭐라도 해야 한다는 책임감을 느꼈다.

그렇게 귀찮아하던 운동을 매일 했고, 인스턴트 식품을 먹고 싶어도 한 번, 두 번 참으면서 먹는 횟수를 줄여 갔다. 될 수 있으면 몸에 좋은 음식을 먹으려고 노력했고, 또 스트레스를 풀기 위해, 아니 애초에 스트레스가 쌓이지 않도록 신경을 쏟았다. 지난 2년간 턱없이 모자랐던 잠도 피로를 풀 수 있을 만큼 충분히 맞춰 자려 했는데, 그때부터 낮잠을 자는 것에 익숙해졌다. 언제든 몸이 원한다면 제공하는 게 옳다는 생각이 들었다. 예전이었다면 잠을 쫓아내기 위해 버텼겠지만 자는 시간을 아까워하지 않기로 했다.

매일 아침 눈을 뜨면 "나는 GIST에서 깨끗이 치료되었어."하고 세 번씩 읊조리고 일어났다. 이제 내 몸에 필요한 것들을 제공하니까, 곧 나을 수 있을 거라고 막연히 여겼다. 이런 관심과 노력 덕분인지 전보다 몸이 튼튼해졌다. 관리를 시작한 초반에는 체력이 눈에 띄게 늘진 않았지만, 점차 스스로 느낄 수 있을 만큼 좋아졌다.

'여전히 몸에는 암세포가 있지만, 그래도 전보다 훨씬 건강해진 게 아닐까?' 모순된 생각이 들었다. 당시 이십 대 초반이었던 나는 계속 이렇게 몸을 돌본다면 GIST라는 녀석과의 싸움에서 이길 수 있을 거라고 쉽게 생각했다. 결국에는 이 녀석을 몸에서 쫓아내고 나는 더 건강해질 것이라고 믿었다.

나는 너무 크거나 너무 어린 환자였다

재발 이후 정식으로 성인으로 처리되어 혈액암 종양내과로 차트가 이전되었다. 그전까지는 스무 살이 넘어서도 여전히 소아과에 다니고 있었다. 주치의가 어릴 때부터 치료를 담당한 의사라는 게 그 이유였을 것이다. 단순히 경과를 지켜보는 과정이었기에 굳이 종양내과로 넘길 필요가 없었던 건지도 모르겠다.

하지만 이제는 재발했고 본격적인 항암치료가 필요했다. 소아과 주치의로부터 "병이 재발했고 이제 종양내과로 넘어가서 치료를 받게 될 겁니다."라는 말을 들었을 때는 겁이 났다. 정말 드라마에 나오는 암 환자가 되어버린 것 같았다. "유감스럽게도 남은 시간이 길어야 6개월입니다." 따위의 말을 듣게 될 것만 같았다.

한 달 전만 해도 대학 졸업과 동시에 취업해서 이제까지와 다른 새로운 날이 펼쳐질 거라고 여겼는데, 계획에도 없던 병원에서의 새로운 날들이 시작되었다. 도대체 어떤 사람이 인생 계획에 '병원에서 항암치료하기'라고 기록할까. 그냥 툭 하고 얘가 내 삶에 왔다.

종양내과로 옮겨오면서 자연스레 주치의가 바뀌었다. 간호사 역시 낯선 것은 마찬가지였다. 모든 게 혼란스러웠다. 아이들이 아닌 할아버지, 할머니로 가득 찬 대기실에 앉아있게 되었다. 그곳에서 내 이름이 불리길 기다리는 걸 받아들일 수 없었다. 모든 게 잘되어 가고 있는 줄 알았는데….

나는 소아과에서도, 종양내과에서도 튀었다. 성인들이 다니는 종양내과로 가게 된다는 것을 알았을 때는 '그래도 이제는 환자들 사이에서 튀지는 않겠지.'하고 생각했다. 소아과에서 남다르게 우뚝 솟은 걸리버였기 때문에 나와 비슷한 눈높이의 사람들이 있는 곳에 가게 된 것을 그나마 위안으로 삼았다.

대기실에 들어섰을 때 그게 착각이었다는 걸 깨달았다.

아무리 봐도 젊은 환자는 보이지 않았다. 종양내과 대기실에
서 아빠와 함께 앉아 있으면 다들 내가 아빠의 보호자로 따
라온 거라 짐작하는 듯했다.

아빠가 아니라 내가 환자라는 걸 알게 되면 어른들은 "어
린 애가 어디가 아파서?" 또는 "젊은 애가 어쩌다가!"하고 말
을 걸어왔다. 자연스럽게 섞일 줄 알았는데, 왜 또 신기한 사
람이 되어버렸는지…. 병원에서 나는 나이가 너무 많거나,
너무 어렸다. '계속 나이가 든다면 언젠가 병원에 오는 게 자
연스러워 보일 테지.' 그것만이 나의 위안이었다.

차트가 이전되고 처음으로 종양내과 주치의를 만났다.
첫인상은 무서웠다. 무표정으로 이것저것 얘기하고는 간호
사에게 무뚝뚝하게 지시를 내렸다. 아빠가 주치의에게 어떤
질문을 하자 그게 탐탁지 않았는지 약간 화내듯 말하셨다.
옆에서 깜짝 놀라 '앞으로는 궁금한 것도 못 물어보겠다.'라
며 속으로 끙끙 앓았다. 항암치료를 본격적으로 시작하게 되
었고, 처음이어서 알지 못하는 것들도 많을 텐데 어쩌면 좋
을지 걱정이 앞섰다. 궁금한 건 간호사에게 묻는 게 좋겠다
고 생각했다.

몇 주 후 다시 진료실을 방문했을 때, 주치의는 대뜸 악수를 청했다. 당황스러운 마음으로 손을 마주잡았다. 진료실 분위기는 지난번과 달리 상당히 부드러웠다. 내 추측으로는 화려했던 나의 병원 차트를 꼼꼼히 다 보신 게 아닌가 싶었다. 두꺼운 종이 진료 차트(당시만 해도 종이에 적어 분철해둔 진료 차트를 사용했다. 어릴 때부터 쌓인 진료 내역으로 그쯤 나의 종이 차트는 두께가 5cm 정도로 두꺼웠다)는 내가 걸어온 투쟁의 흔적과 다름없었다. 주치의는 따님이 정말 대단하다며 아빠에게 나를 칭찬했다. 경직되어 있다고 느꼈던 표정도 지난번보다 훨씬 부드러워 보였다. 어쩌면 처음에 내가 낯선 환경에서 편견을 가지고 주치의를 바라봤던 건가 싶다.

　주치의는 첫인상과 달리 점점 편해졌다. 종양내과 주치의는 내가 서울로 병원을 옮기기 전까지 오랫동안 내 치료를 전담해주셨는데, 지금도 너무 감사한 분이다.

먹을 수 없는 초콜릿, 먹을 수 있는 소금

한번은 배정받은 7인실에 고등학생 한 명이 입원해 있었다. 소아청소년과에 병실이 없어서 일반 병동에 입원하게 된 거였다. 종양내과로 넘어온 다음부터 병실에 젊은 환자는 늘 나뿐이어서 어린 학생이 있다는 게 신기했다.

고등학교 2학년인 그 학생은 병에 걸린 지 얼마 되지 않은 듯했다. 새벽이면 곧잘 우는 듯했고, 보호자로 곁에 있던 학생의 엄마 역시 아직 마음을 추스르지 못한 듯 보였다. 그 아이는 친구들에게 위로 편지를 받고 기뻐하다가도 언제 학교로 돌아갈지 알 수 없는 자신의 처지에 슬퍼했다. 그 아이의 병명은 백혈병이었다.

백혈병은 드라마에서 주인공이 죽는 병으로 자주 등장한다. 그 아이가 그런 드라마를 보며 살아왔다면 지금 앓고 있는 백혈병이 얼마나 무서울까. 드라마에서 암이나 백혈병을 주인공의 마지막으로, 혹은 반전으로 삼는 게 탐탁지 않은 적이 있었다. 필사적으로 사는 나를 조롱하는 것 같았다. "네가 아무리 발악해도 넌 결국 죽을 거야. 이건 죽는 병이거든."이라고 말하는 듯했다. 하지만 이제는 알고 있다. 죽음은 우리 삶의 일부분이라는 것을. 그러니까 병이 드라마에 등장하는 것이 오히려 자연스러운 모습이라는 걸.

　하루는 그 아이가 유난히 울적해 보여서 위로해주고 싶었다. 그때까지 대화를 나눠본 적은 없었다. 내가 워낙 소심하기도 했고, 그 아이도 그렇게 좋은 컨디션은 아니었으니까. 나는 기분 전환을 하고 싶으면 초콜릿을 사 먹고는 했는데, 그날은 사는 김에 그 아이에게 줄 초콜릿을 한 개 더 샀다. 병실에 돌아와 아이에게 건넸는데 고개를 저었다. 옆에 있던 그 아이 엄마가 고맙다면서 어쩐지 슬픈 표정으로 대신 받아주셨다. '초콜릿을 안 좋아하나?' 싶었다.

　나중에 전해 듣기로 초콜릿을 먹으면 안 된다고 했다. 초콜릿뿐만 아니라 이것저것 많은 음식을 가려야 한다고 했다.
너무 미안했다. 그 병에 걸려본 적 없는 사람은 알 수 없는
일들이 있다. 일상의 많은 일에 제약이 걸린다. 나는 음식 중
가려 먹어야 하는 게 많지 않은 편이라 몰랐고, 그 아이에게
실수를 했다. 그 아이는 초콜릿을 먹지 못하는 자신의 처지
를 느끼고 또다시 슬퍼졌을까? 그래도 그 아이의 엄마는 위
로하고 싶은 내 마음을 느꼈는지, 그 뒤로 서로 음식을 나눠
먹기도 하면서 조금 편해졌다.

　어느 날은 치매를 앓는 할머니 한 분이 입원했다. 내 건
너편 침대였는데 감정 기복이 몹시 심했다. 무언가 마음에 들
지 않으면 고래고래 악을 썼다. 간병인은 담담하게 그 말을
받아내며 마치 어린아이 대하듯 말을 걸고 다독이고는 했다.
　밤이면 할머니의 자식들이 병실에 찾아왔다. 순번을 정
해서 오는 건지 약속하고 오는 건지 매일 밤 할머니를 찾아
왔고, 할머니는 아들과 딸, 손주들을 알아보시는 듯했다. 할
머니는 시간이 지날수록 눈에 띄게 힘을 잃어갔고, 나는 병
실에서 죽음을 목격하게 될까 봐 덜컥 겁이 났다. 점점 약해
지는 모습을 보면서 처음에는 무섭기만 했던 할머니가 가여

워졌다. 할머니는 죽는 게 두려워 그렇게 화를 내셨을까. 어쩌면 외로워서 투정을 부린 건지도 몰랐다.

할머니는 음식을 매우 짜게 드셨는데, 소금을 아주 많이 넣어서 식사했다. 간병인은 너무 짜다고 잔소리하면서도 의사 몰래 할머니가 넣어달라는 만큼 더 넣어주셨다. 살날이 얼마 남지 않은 걸 알아서였을까? 나는 음식에 넣는 소금의 양을 보고 한동안 간병인을 오해했다. 할머니 가족들은 저렇게 식사를 주는 걸 알고 있을까 싶어서 화가 나기도 했다. 할머니 보호자들에게 말해야 하나 싶었는데, 며칠 뒤 간병인이 할머니 자식들에게 "소금을 자꾸 넣어달라고 하는데 그냥 드리고 있다."라고 말하는 걸 듣게 되었다. 간병인은 할머니가 살아계시는 동안 마음 편히 지내게 해드리고 싶었던 거였다. 보호자가 곁에 있을 수 없을 때 고용하는 게 간병인이라고 생각했는데 그 이상일 수 있겠다 싶었다.

너 항암제였구나!

종양내과에서 처음 진료받던 날, 주치의는 글리벡이라는 항암제를 복용하자고 하셨다. 몇 가지 검사를 추가로 하거나 아니면 입원해서 링거로 항암치료를 받게 될 거라고 예상했는데, 집에서 약을 복용하면 된다는 말에 얼떨떨해졌다. '항암제니까 뭐가 달라도 다르지 않을까, 추가로 다른 치료를 병행하지 않을까.' 어림짐작하고 있었기 때문에 단순히 약을 먹는다는 사실을 믿을 수 없었다. 병원비를 정산하고, 약국에 가서 처방전을 낼 때도 '이게 진짜 맞나?' 싶기만 했다.

약사는 탁한 주황색 약을 보여주며 "매일 아침 식후 30분 뒤 네 알씩 먹으면 된다."고 설명했다. 손에 약 봉투를 쥐고 약국을 나설 때에야 비로소 현실로 다가왔다. 경구용 약으로 암을 치료하다니! 세상이 참 좋아졌다는 생각이 들었다. 어릴 적처럼 병원에 가서 며칠씩 링거로 항암치료를 하겠지 예상했는데 예상치 못한 선물을 받은 기분이었다. '그냥 감기약이나 소화제처럼 먹기만 하면 되는구나.' 하며 심지어 만만하게 여겼다. 이런 식으로 복용만 하면 된다니, 이번 치료는 쉽겠다고 섣부르게 판단했다.

얼마 지나지 않아 그 판단이 틀렸음을 깨달았다. 약을 먹자 속이 울렁거리더니 끝내 화장실로 달려가 약과 음식물을 다 토해버렸다. 다음 날도 마찬가지였다. 약을 먹고 15분이 채 지나기도 전에 화장실로 달려가 모두 게워냈다. 얼마나 독한지 오전 내내 화장실을 들락거리며 토악질을 해댔다. 나중에는 변기를 붙잡은 채로 거북함에 눈가가 젖어 들었다.

'너, 항암제였구나.' 몸으로 깨우친 사실이었다. 울렁거림과 구토, 가끔씩 느껴지는 어지러움, 헛구역질은 어릴 때처럼 또다시 항암치료가 시작되었음을 실감하게 했다.

피부가 하얘지는 부작용이라니!

글리벡도 항암제이기 때문에 암세포를 없애면서 어쩔 수 없이 건강한 세포도 함께 파괴하는 듯했다. 매번 혈액 검사를 하면서 백혈구, 적혈구 수치 등을 확인하며 컨디션을 지켜봤다. 2008년 4월부터 글리벡을 먹기 시작했는데, 백혈구 수치가 줄어들면 약도 한 알 줄이곤 했다. 몸 상태, 그러니까 몸의 반응에 따라 글리벡을 네 알에서 세 알로 줄였다가 다시 네 알을 복용하는 식이었다.

처음에는 네 알씩 복용했는데, 약이 독해서 복용 후 2시간 동안 누워 있어야 했다. 그렇게 있는 편이 좋을 거라고 당시 같은 병실에 입원했던 GIST를 앓고 계신 할머니가 얘기해주셨다. 누워서 속이 잠잠해지기를 기다렸지만, 몸이 조금이라도 안 좋을 때면 그 2시간을 버티지 못하고 결국 화장실로 달려가 약을 다 토해냈다.

글리벡은 한 알에 2만 원 정도로 꽤 비쌌기 때문에 될 수 있으면 최대한으로 참다가 어느 정도 흡수된 뒤에 토하려고 했다. 간호사가 1시간 30분쯤 지나면 거의 흡수된다고 말해주셔서 그 시간까지만 참자는 생각으로 아침 시간을 보냈다. 초반에는 매일 게워냈는데 시간이 지나면서 일주일에 한 번으로, 그다음은 2주에 한 번으로 토하는 주기가 차츰 길어졌다. 그러다가 3주에 한 번으로 나아지게 되었고, 이 주기가 꽤 오래 이어졌다.

항암제여서 그런지 부작용도 상당했다. 글리벡을 복용하면서 구토와 메슥거림은 물론이고 아침마다 얼굴, 특히 눈 주위에 부종 증상이 나타났다. 눈두덩이 많이 부어서 아침에는 눈을 뜨는 게 불편할 정도였다. 부은 얼굴은 반나절이 지나면 원래대로 되돌아왔다. 또 실핏줄이 자주 터졌고, 코피와 잇몸 출혈도 번번이 겪었다. 이외에도 설사와 다리 부종, 밤에 자다가 종아리에 쥐가 나는 근육통, 머리카락이 빠지는 등의 부작용이 있었다.

조금씩 요령이 생겨서 외출하는 날에는 부은 눈꺼풀에 차가운 숟가락을 얹어서 붓기를 뺐고, 잇몸 출혈 이후에는 칫솔을 미세모로 바꾸고 칫솔질을 살살했다. 다리 부종과 더불어 수면 중에 종아리 경련을 겪곤 했는데, 잘 때 다리를 올려두고 자면 괜찮다는 걸 알게 된 뒤로는 항상 다리를 베개에 올려두고 잤다.

초반에는 머리카락이 자꾸 빠져서 언니가 탈모 전용 샴푸를 사 주었다. 다행히 탈모 부작용은 그렇게 강하지 않은 것인지 아직까지 대머리가 되지는 않았다. 또 장이 약해진 건지, 항암제가 독해서 그런 건지 복용 초반에는 매일 설사를 했다. 별다른 방법이 없어서 그냥 매실액을 탄 물을 하루 한 잔씩 마셨다.

부작용이 많았지만 일상생활이 가능할 정도였기 때문에 바뀐 상황에 맞춰 적응하며 지냈다. 몇 년간 계속되던 부작용 중에는 빈도가 약해지거나 없어진 것들도 있다.

글리벡 부작용 중 신기한 게 하나 있었는데 바로 피부가 하얘지는 증상이었다. 원래부터 피부가 하얀 편이라서 그다지 의식하지 못한 부작용이었다.

글리벡을 복용하면서부터 피부가 점점 더 하얗게 변해갔다. 이게 약 부작용 중 하나라고 해서 '이런 부작용은 또 처음이네.' 싶었다. 중간에 글리벡 대신 다른 항암제인 수텐을 복용했을 때는 피부색이 원래대로 돌아왔다. 약을 먹는 동안 일시적으로 나타난 부작용이었으니까 놀랍지는 않았다. 그저 약 부작용도 별별 게 다 있네, 싶었다. 구토, 부종, 빈혈 따위의 힘겨운 부작용만 있는 게 아니라서 조금 신기했다.

아파서 알게 되는 감사한 일

투병 초기에 같은 병을 앓던 어느 할머니의 보호자를 통해 글리벡 환자지원 프로그램(한국노바티스에서 진행한 프로그램으로, 2019년 6월 종료되었다)이 있다는 것을 알게 되었다. 의약 처방전과 약국에서 글리벡을 계산한 영수증, 신청서를 보내 서류가 통과하면 일정 돈을 환불받을 수 있었다. 매번 환자 본인 통장으로 입금해준 것으로 기억한다.

당시 나는 국민건강보험공단에서 암 환자로 분류되어 10%의 병원비와 약값을 감당하면 되었다. 그러다 보니 약값을 거의 환불받을 수 있었는데, 글리벡 네 알을 복용할 때 약값이 한 달에 24만 원 정도였다. 만약 건강보험이 적용되지 않는다면 한 달에 약값만 240만 원이 든다는 얘기였다. 그때부터 우리나라 건강보험제도에 얼마나 감사하게 되었는지 모른다. 또 글리벡 환자지원 프로그램으로 치료비 부담을 덜 수 있어 참 감사했다. 아픈 후 세상에 감사한 일이 많아졌다.

아주머니는 GIST 환자들이 정보를 얻을 수 있는 온라인 카페도 알려주셨는데, 언니가 그 카페에 들어가 여러 정보를 얻은 뒤 내게도 얘기해주었다. 나는 감히 들어갈 엄두를 내지 못했다. 그 카페에서 활동하게 되면 정말 내가 아픈 사람이라는 걸 매일 실감할 것 같아서였다. 내 인생에 벌어진 일들을 받아들이기도 벅차서 다른 이의 슬픔까지 알고 싶지 않았다. 그 슬픔에 동화되어 무너질까 두려웠다.

그때는 "모르는 게 약이다."라는 것과 "아는 게 힘이다." 라는 말을 동시에 믿었다. 의학 정보는 적당히 알아야 하고, 생존 정보는 반드시 알아야 하고, 죽음에 관한 것은 모르는 게 낫다고 생각했다. 환자는 자신의 병에 관해서 너무 많이 아는 것도 별로 좋지 않은 것 같았다. 때로는 그게 시작도 하기 전에 체념하게 만드는 족쇄가 되는 것처럼 느껴졌다. 나는 잘 몰랐기 때문에 용감할 수 있었는지도 모른다. 반드시 낫는다는 희망에 관해서만 잘 알았다.

뭐라도 한다는 위안

투병하는 동안 내내 백수였지만 이십 대 초반만 해도 가벼운 마음이었다. 어서 빨리 완치해서 취업할 생각이었다. 하지만 내 예상과 달리 길어진 터널에 조금씩 밑으로 가라앉았다. 변변한 직업 없이 오랫동안 지내면서 자존감이 떨어졌다. 나만 뒤처지고 있다는 조급함, 다들 앞으로 나아갈 때 혼자 제자리에 멈춰 버렸다는 괴로움. 점점 위축되면서 자괴감에 빠졌다.

친구들을 만나도 마음이 편치 않았다. "넌 취업 안 해? 언제 할 거야?"라는 불편한 물음. "병은 다 나았어?"하는 잔인한 질문. 내가 감기에 걸린 건가 싶게, 대수롭지 않게 던지는 그런 질문들에 상처받곤 했다. 단짝 친구들은 어느 정도 내 병에 대해 알았기 때문에 그렇지 않았지만, "그냥 아파서 병원에 다닌다." 정도만 들었던 친구들은 자신도 모르는 새에 내게 잔인한 존재가 되어갔다. 그러다 보니 사람들을 만나는 걸 피하게 됐다.

친구들과 속도가, 수준이 맞지 않게 된 건 이십 대 중반부터였다. 다들 취업을 했고, 돈을 벌었고, 씀씀이가 달라졌다. 내가 감당하기에는 부담스러운 지출이 늘어갔다. 점점 혼자 있는 게 마음 편해졌다. 병원에 드는 돈만으로도 부모님에게 죄송했기 때문에 놀기 위해서 돈을 달라고 할 수는 없었다. 모아둔 돈을 조금씩 쓰면서 친구들을 만나고는 했는데 수입이 없으니 당연히 돈이 줄었고, 내 일상은 점점 돈이 많이 들지 않는 패턴으로 잡혀갔다.

친구들과는 점차 연락을 끊었다. "요즘 뭐하냐?"라고 오랜만에 연락한 친구들에게 "그냥 있어."라고 말하는 게 힘겨워졌다. 그냥 있다는 말 다음에 무슨 말을 더해야 할지 알 수 없었다. 내 일상에는 큰 변화가 없었고, 그래서 얘기해줄 새로운 에피소드가 없었다. 새롭게 겪은 일이라고는 병원과 관련된 일인데, 아픈 얘기를 듣고 싶어 하는 사람이 있을까 싶었다. 내 얘기를 듣고 상대방이 어쩔 줄 몰라 하거나 분위기가 침잠되는 걸 몇 번 경험한 뒤로는 더욱더 피하게 됐다. 점점 내 얘기를 하지 않게 되었고, 그러자 할 말이 많지 않았다.

자격지심은 딱 나를 가리키는 말이었다. 내가 처한 상황을 제대로 들여다보기 싫었고 인정하기 싫었다. 받아들이지 못하는 것보다는 받아들이기 싫었다는 게 정확했다.

어느 순간 혼자 상처받는 생활에서 벗어나 뭐라도 해야겠다는 생각이 들었다. 세상이 나에게 불리한 음모를 꾸미고 있다는 생각에 잠자코 있을 수 없었다. 뭐라도 깨부수고 싶었다. 세상을 향해 반항하고, 분노하고, 내가 여기 있음을 말하고 싶었다. 세상이 내린 이번 결정을 쉽게 받아들이고 싶지 않았다.

이것저것 손에 잡히는 대로 공부를 하고 책을 읽었다. 그즈음 사람들이 요즘 뭐하냐고 물으면 "공부하고 있다."라고 얘기했다. 그 말을 언니에게 배운 후부터는 참 편해졌다. 사람들은 그 이상 귀찮게 하지 않았다. 공부를 다시 시작하며 공허함에서 조금씩 벗어나게 되었지만 여전히 혼자 멈춰선 듯 느껴졌고 어서 빨리 무엇이라도 시작해야 할 것 같았다.

뭘 하고 싶은지 모르겠는데, 뭘 해야 할지도 모르겠는데, 뭔가를 해야 했다.

그 무렵 도서관에 자주 간 것도 집에 있으면 스스로가 한심한 인간이 된 것 같아서였다. 도서관에 가면서 뭐라도 한다는 위안을 받았다. 어려서부터 작가가 되고 싶었으니까, 지금은 작가가 되기 위해 다독하는 거라며 나를 달랬다. 소설이 시간을 순식간에 흘러가게 한다는 걸 알고 나서는 소설을 많이 읽었다. 나쁜 생각에 빠지지 않게 정신을 앗아갈 무언가가 그때는 필요했다.

도서관에 들르는 것 말고는 집밖으로 잘 나오지 않았다. 일단 나가면 다 돈이 들어서. 게다가 평일에는 같이 놀 친구도 없었다. 다들 일을 하거나 학교에 다녔기 때문에 한가한 사람은 나밖에 없는 듯했다. 점점 고독에 익숙해졌다. 다행히 나는 혼자만의 시간을 갖는데 익숙한 사람이었다. 외로움을 좀 더 오래 버틸 수 있었던 이유였다.

집 근처 복지회관에서 강좌를 수강하기도 했는데, 처음 들은 강좌는 '예쁜 글씨 POP'였다. 어쩌면 팔자 좋은 백수처럼 보였을 테지. 나는 필사적이었는데…. 즐거워서 배우는 게 아니라, 불안해서 배우는 거라는 걸 이해받을 수는 없었다.

수치심

        이십 대 초반의 어느 날, 엄마와 누워서 텔레비전을 보고 있을 때였다. 그맘때쯤 배를 손으로 둥글게 쓰다듬으면서 "GIST 암아, 내 몸에서 나가라." 하루에 몇 번씩 주문을 걸곤 했다. 보통 앉아 있을 때나 서 있을 때 했는데 그날은 평소와 달리 누워서 하던 중이었다. 배 왼쪽에서 주먹만 한 크기의 둥근 혹이 느껴졌다. 내 몸에서 가장 큰 종양으로, 이미 알고 있는 부근이었다. 그래도 손끝에 타원형의 혹이 느껴지는 게 놀라워서 "여기 엄청 큰 혹이 만져져." 하고 말했다. 엄마는 만져보시고는 "원래 배에 종양 있다고 했잖아." 하고 별로 놀랍지 않다는 듯 대답하셨다. 그래서 나도 "하긴, 원래 있는 줄 알고 있었지."하고 넘겼다.

뭔가 신기해서 본격적으로 몸통 구석구석을 만져보았다. 배 부근에서 작은 종양이 하나 더 느껴지는 듯싶었지만, 감촉이 미약해서 확신할 수 없었다. '이 안에 얼마나 많은 종양이 있는 건지. 내 몸이 지금 고생하고 있구나.' 싶었다. 그런 생각을 하며 무의식적으로 가슴 부근을 만졌는데 당황스럽게도 혹이 잡혔다. 착각이라고 믿고 싶었지만 다시 만져 봐도 오른쪽 가슴에서 단단한 멍울이 잡히는 게 아닌가. '전에는 없었던 것 같은데…' 당황해서 사색이 되었다.

제일 먼저 떠오른 건 유방암이었다. 그다음에 떠오른 건 GIST 전이였다. 이어 유방암을 예방하기 위해 가슴 제거 수술을 했다는 할리우드 배우의 기사가 머릿속에 스쳐지나갔다. 암 투병으로도 모자라서 가슴까지 제거해야 하는 거냐고, 내 안의 하늘이 무너졌다.

며칠 후 주치의에게 말씀드렸더니 "항암치료 중 종양은 원래 새로 생겼다가 없어졌다가 커졌다가 작아졌다가 합니다."라며 대수롭지 않게 여기는 듯했다. 그래도 내가 불안해하니까 초음파와 조직 검사를 해보기로 했다. 간호사가 "유방에서 만져지는 멍울은 물혹이나 양성 종양일 가능성이 높으니까 너무 걱정하지 마세요." 하고 위로해 주셨다.

막상 가슴 초음파 검사를 할 때는 담당자가 남자여서 당황했다. 검사하는 분이니까 당황하지 말자고 자신을 다독이며 옷을 벗고 검사대에 누웠다.

검사가 시작하자 곧 검은 커튼 열고 한 무리의 학생들이 들어왔다. 7~8명 중 한 사람을 빼고는 다 남학생이었다. 검사관은 검사하면서 이것저것 학생들에게 설명했다. 점점 수치심을 넘어서 분노가 일었다. 나를 지켜보는 학생들을 노려보았다. 한 사람이라도 사전에 양해를 구했다면 그토록 화가 나진 않았을 거다.

대학 병원에 다니면 당연히 감수해야 하는 일이었나? 그들에게는 수업의 일환일 뿐이고, 나는 이름 없는 환자 중 하나였는지도 모른다. 하지만 나는 아니었다. 그 시간 내내 치욕스럽고, 분하고, 억울했다. 눈물이 앞을 가려서 검사 중간부터는 그냥 눈을 감고 버텼다. 내 얼굴이 벌겋게 달아오른 게 여실히 느껴졌다.

부산 병원에 다니면서 그때만큼 수치스럽고 화가 난 적이 없었다. 그날 병원의 배려 없는 행동은 나를 마루타처럼 느껴지게 했다. 발가벗겨진 듯한 수치심이 아니라, 실제 발가벗겨진 채라서 느껴야 했던 수치심.

의과 대학 부속 병원, 수업, 현장학습… 그럼 내 인권은? 의료 교육과 발전을 위해서라는 건 알겠는데, 그럼 내가 느낀 수치심과 무력감은? 그날 나만큼 안절부절못하는 학생도 있었다. 그 학생 덕분에 학생들도 마냥 마음이 편한 게 아니란 걸 알 수 있어서 그나마 다행이었다.

성인이 되면서 노출에 관한 점이 제일 힘겨웠다. 병원이라고 해도 부끄러운 게 사라지는 것은 아니었다. 병원을 오래 다니면서도 쉽게 면역이 되지 않는 부분이었다. 환자에 관한 최소한의 동의나 양해를 기대하는 건 욕심일까?

몇 주 뒤 초음파와 조직 검사 결과를 들을 수 있었다. 다행히 양성 종양이었다. 상상했던 최악의 일은 일어나지 않았지만 초음파 검사를 할 때 겪은 일로 다른 상처가 깊게 새겨졌다.

나는 여성, 암 환자입니다

스물다섯 살 무렵 호르몬 불균형으로 많은 피가 한 달 내내 나온 적이 있다. 처음에는 생리인 줄 알았던 것이 3주가 넘어가자 하혈인가 싶어 겁이 났다. 4주째가 되어도 계속 피가 나와 산부인과를 찾았다.

처음 방문한 산부인과는 짐작했던 것과 크게 다르지 않았다. 진료실에는 나이 지긋한 남자 의사가 있었고 몇 가지 검사 후 호르몬 불균형이라는 진단을 내렸다. 다행히 젊은 여자들이 흔히 겪는 일 같았다. 암 때문이 아니라고 생각하자 뭔가 안심이 되었다. 호르몬 약을 한 달 정도 복용하면 된다고 했다. 간호사는 "피가 멈춰도 약 복용을 멈추면 안 되고, 끝까지 다 먹어야 한다."라고 당부했다.

약국에 가서 약을 타는데 개수가 많아서 절로 한숨이 나왔다. 다행히 약을 먹고 피가 쏟아지는 게 멈췄다. 그 후 경과를 보기 위해 한 번 더 산부인과에 갔는데, 피가 멈췄다고 얘기하니 알겠다며 그만 나가보라고 했다. 의사는 건조했고, 진료실에 들어가 앉자마자 나오게 되었다. 뭔가 이러고도 진료비는 또 엄청나게 나오겠구나 싶어 억울한 기분마저 들었다. 산부인과의 첫인상이 썩 좋지 않게 남았다.

그래서 스물일곱 살 무렵 생리를 꽤 오래 하지 않았음에도 굳이 산부인과에 가지 않았다. 몸이 피곤하면 한 번씩 건너뛰었기 때문에 처음에는 그런 거로 여겼다. 한 번씩 생리 불순이 오곤 했으니까. 두 달째에도 '곧 하겠지' 했고 그러다 보니 시간이 훌쩍 흘러 있었다. 세 달째가 되자 뭔가 이상하다는 생각이 들었다. 그래도 지인들의 불규칙한 생리 주기를 들으면서 그럴 수 있겠다 싶었다.

다섯 달째가 되자 혹시 갑작스레 폐경이 온 건 아닌지 겁이 났다. 그런 생각이 들자 여자로서 내 인생이 끝난 것만 같았다. 폐경이 다가오면 여자들은 우울해진다고 하는데, 어떤 느낌인지 알 것 같았다. '생리통도 안 겪고, 생리대도 안 하니까 편하지 않을까?'하고 막연히 생각했는데, 실제 겪으니 무언가 소중한 걸 잃은 느낌이었다. 그때쯤에는 이미 '내 몸으로 아이를 낳는 건 힘들겠다.'라고 단념해왔는데도 상실감이 느껴졌다. 여섯 달째가 되었을 때는 불안감과 우울감이 더 심해졌다.

인터넷에서 정보를 찾아보았는데, 다행히 무(無)월경이 곧 폐경은 아닌 듯했다. 멈추지 않고 많은 양의 피를 쏟아내는 때와 피가 전혀 나오지 않는 때를 사람들은 모두 호르몬 불균형으로 파악하는 듯했다. 현대의학이 그 이상 알지 못하는 건지, 내 이해력이 부족한 건지 잘 모르겠다. 호르몬 불균형은 마치 마법의 단어 같았다. 항암치료가 호르몬 불균형에 영향을 미친 건지 다시 궁금해졌다.

그러다 어느 병원 홈페이지에서 항암치료를 하다 보면 생리 주기가 불규칙해지거나, 생리 기간이 늘거나, 생리가 오래 중단되는 일이 생길 수 있다는 주의사항을 보았는데, 항암치료의 부작용이란 참 다양하구나 싶었다.

몇 달 후 예고도 없이 월경이 다시 시작됐다. 중단된 후 반년도 더 지난 시점이었다. 피를 보고 안도한 것은 그때가 유일했다. 예전과 달리 생리 예정일을 짐작할 수 없을 정도로 주기가 불규칙해졌다. 생리 기간이 아주 짧아지기도 하고 길어지기도 했다. 또 어떤 달은 2주 간격으로 두 번 할 때도 있었다. 생리 주기의 변덕이 심해서 다음 예정일을 달력에 적어두는 것도 사실상 무의미해졌다. 그런데도 없는 것보다 있는 게 좋다니, 여자는 참 피곤한 삶을 살아가는 것 같다.

하루 또 하루의 싸움

항암치료를 시작한 초기, 아직 재발했다는 충격에서 마음을 추스르지 못할 때였다. 기분 전환 삼아 언니와 외박을 하기로 했다. 병원에서 외출 허락을 받은 날은 하루뿐이었다. 병원과 집을 왕복하기에는 시간이 부담돼 대신 언니가 살던 부산의 자취방으로 향했다. 비록 집에는 못 갔지만, 하루라도 병원을 벗어날 수 있어 기쁘기만 했다.

도착한 언니의 자취방에서 난생처음으로 요가를 했다. TV도 없는 자취방에서 딱히 할 게 없기도 했다. "같이 요가를 해보자."는 언니의 말에 가벼운 마음으로 몸을 움직였다. 노트북에 요가 동영상을 틀어놓고 한 동작씩 따라 했다. 숨이 차올랐다. 그전까지 살면서 숨이 차오를 정도로 몸을 움직인 적이 별로 없었다. 처음 해본 요가가 힘들기는 했지만 땀을 흘리고 나니 기분이 한결 괜찮아졌다. 그래서 "종종 요가 동영상을 혼자 따라 해야겠다."라고 마음먹었다.

퇴원한 후 집에 와서 요가를 시작했다. 사흘간은 근육통으로 온몸이 쑤셔서 이게 뭐 하는 짓인가 싶어졌다. 자는 사이에 누가 밟고 지나갔다고 느끼면서 아침에 눈을 떴다. '계속하다 보면 안 아플 거라고 하니, 믿고 따라야지.'라는 마음으로 사나흘에 한 번씩 동영상을 틀어놓고 따라 하다 보니 정말 근육통이 사라졌다. 모든 동작을 다 따라 하고 나면 뿌듯했다.

그렇게 스물두 살에 처음으로 걷기와 숨쉬기가 아닌 운동을 시작했다. 운동하며 들뜬 머릿속에서 암세포는 신선한 산소를 싫어한다는 말이 생각났다. 암세포가 순식간에 없어져 금방이라도 완치 판정을 받을 것만 같았다. 그래서 찜통같은 더위로 숨이 막힐 것 같은 여름에도 잊지 않고 운동을 했다.

항암치료를 시작하고 3개월 후에는 산책도 시작했다. 처음에는 정처 없이 30분 정도 걷고 왔다. 가을부터는 새벽 6시에 집밖으로 나가 농촌 길을 걷다 오고는 했다. 몇 달 뒤 겨울이 되고는 귀찮아서 더는 나가지 않았다. 그다음 해에는 한 가지 운동을 더 했는데, 등산이었다. 엄마가 한창 등산을 다닐 무렵이어서 엄마를 따라 동네 뒷산에 올랐다. '전문적인 치료는 의사에게 맡기고, 나는 내가 할 수 있는 일들을 하자.' 다짐했다.

모순적이지만 그렇게 운동을 열심히 하던 시절에 지금이 내 생에 가장 건강한 때라고 생각했다. 운동을 몇 년간 열심히 하면서 체력이 눈에 띄게 좋아졌기 때문이다. 예전에는 조금만 움직여도 금방 피곤했는데, 운동한 뒤에는 체력이 붙어서 그런지 한 가지 일을 한 뒤에도 에너지가 완전히 소진되지 않고 남아 있었다. 지치는 기분도 훨씬 덜했다. 운동은 우울했던 기분을 회복하고, 조금씩 자신감을 되찾는 데 도움을 주었다.

이후 항암제를 수텐으로 바꾸면서 상황이 전혀 달라졌다. 수텐의 부작용으로 손발이 내 것이 아니게 되면서 요가도 등산도 심지어 걷기도 할 수 없게 되었다. 운동하는 습관이 완전히 무너지는 것은 수텐을 복용한 9개월로 충분했다.

4장

행복해야 할
이유는 없다

그래도 살아있는 게 좋으니까.

힘들어도 가끔 기쁘잖아.

몹시 행복한 날들도 있잖아.

만약 내일 죽는다고 해도 오늘은 웃고 싶다.

죽음을 앞둔 순간에

"불행한 날보다 행복한 날이 더 많았어."하고

말할 수 있다면 좋겠다.

응급실

딱 한 번 취업을 한 적이 있다. 항암치료 3년 차에 이르렀을 때였다. 친구들이 모두 일을 했기 때문에 마음이 조급해졌고, 나만 뒤처지는 느낌을 감당하기 버거웠다. 자격지심에 시달리며 자책하는 날이 계속되자 변화를 가져야겠다는 생각이 들었다.

그로부터 얼마 지나지 않아 취업을 했다. 넘치는 의욕과 달리 오래 일하지는 못했다. 출근한 지 사흘째 배에 미약한 아픔이 느껴졌다. 암 때문이겠거니 하면서 넘겼다. 며칠 지나 배를 스치면 알싸할 정도로 통증이 커졌지만, 그때까지도 참을 만해서 '체했나? 배탈 났나? 이번에는 생리통을 유별나게 겪는 건가?' 싶어 대수롭지 않게 여겼다. 매실 원액을 물에 타서 마시고, 퇴근해서는 배를 찜질하면서 보냈다. 출근하고 일주일째에는 날카로운 통증이 느껴졌다. 쉬는 날에는 온종일 배 찜질을 하면서 지내야 했지만, 그때까지도 참을 만하다고 생각했다. 열흘째에는 속이 더부룩해 헛구역질을 자주 했다. 그제야 몸 상태가 나빠지고 있다는 판단이 섰다.

결국 출근한 지 2주 만에 일을 그만뒀다. 괜한 짓을 해서 여러 사람에게 피해를 줬다는 자책이 심해졌다.

일이 터진 건 일을 그만두고 사흘 뒤, 후임자에게 알려줄 게 있어서 잠시 회사에 들른 날이었다. 아침부터 배가 유난히 아팠는데, 점점 심해지는 복통은 생리 전 증후군인 줄 알았다. 창백한 내 얼굴을 본 후임자는 궁금한 게 있으면 전화로 물어볼 테니 얼른 집에 가보라고 했다.

너무 고통스러운 나머지 제대로 된 생각을 할 수 없었다. 오로지 집으로 가야 한다는 생각만 들었다. 식은땀을 흘리며 고통에 찬 얼굴로 걷고 있으니 지나가던 사람이 괜찮냐고 물어봤다. 괜찮다고 말하기는 했지만 실은 비명을 질러대고 싶었다. 순간 격심한 통증이 뱃속을 강타했다. 배를 끌어안고 주저앉았다가 겨우 일어서서 무거운 발을 들어 한 걸음 한 걸음 힘겹게 내디뎠다. 의식하지 못하는 사이에 눈물이 흘러내리고 있었다.

12시가 조금 넘어서 겨우 집에 도착했는데, 점심도 거르고 곧장 누워서 배 찜질을 했다. 아무것도 먹지 못했지만, 화장실까지 기어가 몇 번 토했다. 쓴 위액이 넘어왔다. 점점 더 아픔의 강도가 심해지더니 오후 4시경부터는 감당할 수 없을 정도로 격렬한 통증이 계속됐다. 병원에 가야 한다고 생각했지만, 병원까지 갈 기운이 없어서 누군가의 도움이 절실히 필요했다. 하필 그날 집에는 아무도 없었다. 오후 5시가 넘어서는 말 그대로 통증으로 정신이 혼미해졌다. 배 찜질을 한 채 끙끙 앓으며 눈물을 흘렸다. 손가락 하나 까딱할 수 없었다. 고통이 극에 달했고, 날카로운 칼로 장기를 마구 찔러대는 느낌이었다. 호흡마저 버거워졌다. '차라리 잠들 수 있다면…' 질끈 눈을 감았다.

저녁 6시쯤 됐을까. 언니가 집에 돌아왔다. 내 상태를 확인한 언니는 급히 엄마에게 전화했다. 나를 병원에 데려가겠다는 얘기와 신용카드가 어디 있냐고 물어보는 소리가 들려왔다. 그쯤 내 상태는 더없이 나빴다. 언니가 널브러져 있는 나를 일으켜 집을 나섰을 때는 이미 병원 문을 닫을 시간이었다. 때마침 집에 들어오던 남동생까지 셋이서 택시를 타고 동네의 종합병원 응급실에 갔다.

접수하고, X-ray를 찍고 누워 있으니 의사가 황급히 다가왔다. 핏기없이 허옇게 질린 내 얼굴은 위급 환자로 보이기 충분했다. 응급실 의사가 배를 만져보더니 어느 부위가 아픈지 물었다. 어디를 누르건 다 아프다고 외쳤다. 어떻게 좀 해달라고 울었다. "눌렀을 때보다 손을 뗐을 때 더 아픈 게 더 위험한 겁니다. 어때요?"하고 말하더니 배를 눌렀다. 너무 아파서 기겁했다. 손을 뗐을 때 더 아팠는데 신음이 자동으로 나왔다. 의사는 큰 병원에 가봐야 할 거 같다고 했다. 꽤 큰일이라면서 "장이 꼬인 게 아니라 장내에 출혈이 있는 것 같다."고 했다. 언니는 원래 다니는 병원이 있다고 말했고, 부산 병원으로 구급차를 타고 이동하기로 했다.

숨을 헐떡이며 괴로워하고 있으니 강한 진통제를 놔주었는데, 바로 효과가 있을 거라는 예상과 다르게 약효가 돌기까지 30분 정도 걸렸다. 진통제가 서서히 몸속으로 퍼지는 게 느껴졌고, 사시나무 떨 듯하던 몸이 조금씩 안정을 찾았다.

정신이 몽롱해지면서 머릿속이 구름 위에 둥둥 떠 있는 느낌
이 들었다. '지금 맞고 있는 게 모르핀 같은 마약성 진통제인
가?' 마약 중독자들이 왜 생기는지 알 것 같다는 엉뚱한 생각
이 들었다. '마약성 진통제는 맞지 않으려고 했는데, 결국 맞
았네.'하며, 한 번 맞았다고 중독되는 건 아닌지 걱정도 됐다.
링거에 담긴 진통제를 그만 맞는다고 해야 하는지 고민하다
가, 진통제를 빼고 나면 아플 거라고 해서 계속 맞았다.

　좀 진정된 사이에 남동생을 집으로 보내고, 엄마가 급히
응급실에 오셨다. 엄마, 언니와 함께 사설 구급차로 부산 병
원으로 이송되었다. 종일 물 한 모금도 먹지 못해 입술이 푸
석거렸다.

　구급차를 타고 도착한 부산 병원 응급실은 정신없이 바
빠 보였다. 사람들이 이쪽저쪽으로 황급히 뛰어다녔다. 대기
하고 있으니 의사가 와서 배를 눌러보고는 X-ray 검사를 했
다. 그날 밤은 응급실 구석에서 링거를 꽂고 누워있어야 했
다. 나는 그나마 간이침대에 누워서 잤지만, 엄마와 언니는
밤새 한숨도 자지 못했다. 나만 편히 누워 있는 것 같아서 미
안했다. 긴장이 풀리자 어금니가 아려왔다. 온종일 온 힘을

다해 이를 악물고 버텼으니 당연한 일이었다.

　다음 날 새벽이 되어서야 입원실로 올라가게 되었다. 입원해 있는 동안에는 계속 잠을 잤다. 탈진한 건지 온몸의 힘이 다 빠져나간 듯했다. 닷새간 검사를 하며 원인을 찾았는데, 결론은 암성 통증이었다. 다행히 장내 출혈은 없었고 그냥 물이 찬 것이라고 했다. 주치의는 "아마 상태가 나빠지려고(종양이 커지려고) 그러는 것 같습니다. 2년 동안 약을 먹었으니 개수를 늘리거나 바꿔봅시다."라고 했다. 당분간 지켜보기로 하고 퇴원했다.

　다음 진료 때 주치의는 퇴원 후에 했던 CT 검사 결과를 보며 "미약하지만, 종양이 늘었다."고 하셨다. 다시 성급했던 나를 탓했다. '애가 왜 안 줄어들까…' 누구에게 하소연도 못하고 억울했다. 열심히 하고 있다고 생각했는데 암세포는 나보다 더 열심히 활동하고 있었다.

임산부 아닙니다

그날의 고통을 생생하게 기억한다. 온몸에는 식은땀이 흐르고, 얼굴은 핏기마저 사라져 새하얗게 질린 모습으로, 집으로 가야 한다는 생각만 했다. 한 걸음 한 걸음 내딛는 게 버거웠다. 발작하는 온몸의 통증에 두 눈을 질끈 감고 부들부들 떨다가 '어서 가야 해! 집에 가야 한다고!' 되뇌며 걸음을 내디뎠다. 하필 날씨는 너무 좋은데⋯. 나는 이렇게 간절히 외치고 있는 거였다. '누가 나 좀 도와줘요! 도와줘!' 고통을 참으려고 꽉 다문 입술 사이로 새어 나오지 못한 목소리가 절규하고 있었다. 언제부터인가 흐른 눈물이 얼굴을 흠뻑 적셨는데, 그냥 지옥 같은 시간이었다.

'바로 이거였구나. 암 투병이 힘들다고 하는 이유가.'

GIST 발병 6년, 항암치료 2년 만에 처음으로 겪은 암성 통증이었다.

치가 떨리는 이 고통을 말기 암 환자들은 매일, 매시간 겪으며 지내는 건가? "난 못해!" 소리가 절로 나왔다. 통증은 소리 없이 불규칙하게 찾아왔다. 외출하는 게 겁이 났다. 퇴원하고 한 달 정도는 집에서 바짝 긴장하며 보냈다. 차츰 통증이 오는 주기가 멀어지자 그제야 안심이 되었다.

그때 몸 상태가 나빠지지 않도록 건강에 힘쓰겠다고 굳게 다짐했다. 너무너무 괴롭잖아, 이런 건. 정말 그 고통은 차라리 죽는 게 편하겠다는 생각이 들 정도였다. 암 환자들이 편안히 죽음을 맞이할 수 있도록 도와준다는 호스피스 직업이 왜 있는지 비로소 이해됐다.

응급실에 실려 간 이후로 몸의 여러 부위에서 통증이 잦았는데 특히 왼쪽 옆구리 쪽이 심했다. 그해 6월 CT 촬영에서 가장 큰 종양이 5.1cm에서 5.8cm로 커졌고, 4.7cm 크기의 종양이 새로 생긴 것이 발견되었다. 주치의는 갑자기 늘어난 종양을 보고 글리벡 개수를 늘리자고 하셨다. 아침에 세 알, 저녁에 세 알씩 하루에 여섯 알의 글리벡을 복용하기

로 했다. 독한 항암제의 복용량이 더 늘어나자 몸 컨디션이
나쁜 날이 훨씬 많아졌다. 컨디션이 유난히 안 좋은 날은 아
침이나 저녁 중 한 번만 먹거나 아예 종일 약을 먹지 않기도
했다. 글리벡 복용 초반처럼 다시 화장실에 달려가 토하는
일이 잦아졌다. 다 게워내 나올 게 없는데도 자꾸 토기가 올
라왔다. 변기를 붙잡고 꺽꺽대다가 찬물에 입을 헹구고 세수
하고 나오는 게 다시 일상이 되었다.

　동시에 새로운 증상이 나타났는데, 배에 물이 찼다. 정말
가지가지 한다 싶었다. 당시 최고 몸무게는 51kg였다. 항암
치료 전 47kg, 항암치료 직후가 41kg이었으니, 복막에 찬
물의 무게가 못해도 3~4kg은 될 거였다.

　배는 산처럼 불렀고, 걸을 때는 허리를 짚고 걸어야 했
다. 배의 무게 때문에 몸이 앞으로 쏠리기 때문인지 척추가
아팠다. 양말을 똑바로 신는 것이 힘겨워졌고, 조금만 움직
여도 숨이 찼다. 다리는 부종 때문에 피부가 찌르르 저린 느
낌이 자주 들었다. 서 있을 때면 다리가 땅 밑으로 점점 내려
가는 듯 무거웠다. 누워서 옆으로 움직일 때면 뱃속에서 무
언가(아마도 물) 출렁거렸고, 살이 옆으로 쏠리는 게 확연히

느껴졌다. 배에 물이 찰수록 다리 부종도 심해져서, 쉴 때면 항상 다리를 높이 올려두고 지냈다.

임산부가 겪는 고통과 비슷할 수도 있겠다는 생각이 그때 들었다. 이런 고생을 모든 임산부가 겪고 있다니 힘들겠다 싶었다. 허리가 아프고, 조금만 움직여도 숨이 차고, 옷 태는 안 나고, 배만 볼록하니 또 창피하고(이 점은 임산부와 조금 다를지 모르지만), 배가 자꾸 늘어나서 맞는 바지가 없었다. 그래서 언니가 임산부용 바지를 사 줬는데, 처음 임부복을 입을 때는 이게 도대체 뭐 하는 짓인가 싶어서 헛웃음이 나왔다. 하지만 사람은 적응의 동물이라 했던가? 나중에는 그마저도 무덤덤해졌다.

지하철 같은 대중교통을 타면 예전과 달리 임산부석에 앉은 분들이 내게 양보를 해왔다. 얼굴이 빨개진 채 "임산부 아니에요…."라고 작은 목소리로 말해야 했다. 그냥 임산부인 척 앉을까 싶다가도, 진짜 앉아야 할 분들이 못 앉을까 봐 솔직하게 말하고 서 있었다. 그러면 주변 사람들이 내 배를 빤히 쳐다보는 거였다. 어떤 사람들은 비웃듯이 킥킥댔다.

손가락질을 할 때도 있었다. 부끄럽고, 창피하고, 내가 왜 이런 수난을 당하나 싶었다.

암 투병하면서 그래도 좋았던 건 일단 겉으로는 암 환자라는 티가 안 난다는 거였다. 그런데 복수가 차서 배가 부르니까 겉으로도 여실히 티가 났다. 그냥 좀… 아니 사실 많이 서러웠다. 사람들이 신기하다는 듯 쳐다보는 게 너무 괴로웠다. 친구들을 만날 때도 자신감이 떨어졌다. 친한 친구들에게는 복수가 차는 거라고 말했지만, 딱히 이해하는 것 같지는 않았다. 배가 볼록해서 겪게 되는 심리적 압박과 신체적 고통을 아마 상상조차 못하겠지. 할 필요도 없을 테고.

수텐

스물다섯 살 가을, PET 검사에서 종양이
더 커졌다는 결과가 나왔고, 글리벡을 여섯 알에서 여덟 알
로 늘리기로 했다. 복용량을 늘리면서 전보다 훨씬 지치고,
무력하고, 만성피로에 휩싸였다. 빈혈도 심해져서 수혈받는
일도 더 잦아졌다. 시간이 지날수록 몸은 무거워졌고 가시지
않는 피로감에 하루 2~3번씩 낮잠을 자게 됐다. 약을 늘린
다음부터 더 빨리 차오르는 복수와 컨디션 난조로 한 달에
열흘 정도는 약을 복용하지 못했다.

12월 중순, 복수가 심하게 차올라 또다시 입원했다. '여
기서 더 물이 차면 이러다가 뱃가죽이 찢어질지도 모른다.'

라는 생각이 들 만큼 배가 팽창되어 있었다. 입원해 있는 동안 이뇨제를 계속 복용해서 그런지 콩팥 수치가 자꾸 올라갔다. 퇴원할 때쯤 복수가 거의 빠진 후 몸무게는 42.8kg이었다. 그 숫자를 보자 어쩐지 우울해졌다.

주치의는 글리벡이 효과가 없다고 판단하고 항암제를 수텐으로 바꿀 것을 신중히 권유했다. 수텐으로 바꿨다가 약효가 들지 않아 다시 글리벡으로 돌아오면 보험 처리가 안 되기 때문에, 점점 나빠지는 몸에도 약을 바꾸는 것이 망설여졌다. 현재까지는 글리벡이 가장 효과가 있었기 때문에 조심스러울 수밖에 없었다.

주치의가 수텐으로 바꿀 것을 권했을 때 가족들은 "약을 바꾸기 전에 서울에 한번 다녀오고 싶다."라고 했다. 혹시나 다른 치료법이 있을까 싶어서였다. 그 말을 들었을 때 주치의는 화를 내셨다고 한다. 아마 자신의 판단을 믿지 못한다고 생각한 것 같다. 나는 서울에 가도 별수 없을 거라고 생각했지만 가족들이 희망의 끈을 붙잡고 있으니 서울에 한번 가보기로 했다.

어차피 약을 바꾸기로 했기 때문에 당분간 글리벡은 쉬기로 했다. 약을 먹지 않는 한 달 동안 암세포가 지금도 번식

하고 있을 거라는 생각에 불안했다. 한편 부작용을 겪지 않으니 몸이 편해져서 좋기도 했다. 약을 쉬게 되자 새삼 항암치료라는 게 체력 소모가 크다는 걸 느꼈다.

이듬해 1월, 언니가 예약해준 서울 병원에 아빠와 함께 방문했다. 암센터에 GIST 진료부서가 따로 있을 정도여서 GIST에 전문적인 병원이라고 느꼈다. 지금까지 치료받았던 의료기록을 제출한 다음, 환자들 사이에서 'GIST 국내 일인자'라고 불리던 의사에게 진료를 받았다. 일주일 후 엄마와 방문하자 "초반에는 글리벡이 효과가 있었지만 최근에는 약효가 듣지 않으니 수텐으로 바꾸는 게 좋겠다."고 권하셨다. 부산 병원 주치의 판단이 옳은 거였다.

그날 서울 병원 의사에게 가장 묻고 싶은 말은 이거였다. "언제 완치할 수 있을까요?" 그럼 아마 의사는 장담하기 어렵다고 말하겠지. 그 애매한 대답이 어쩔 수 없는 일이라는 걸 알면서도 실망하게 되겠지. 당연히 의사가 환자의 건강을 백 퍼센트 예측할 수는 없겠지만 절박한 마음이었기에 "언제까지 완치할 겁니다."라는 말이 듣고 싶었다. 실제로 묻지는 않았다. 대신 "수텐이 효과가 있을까요?"라고 물어보았다.

GIST 환자 중에 몇 퍼센트가 이 약을 복용하고, 또 효과가 있는지 알고 싶었다. 의사는 "먹어봐야 압니다." 하고 짧게 답했다. 간호사에게 듣기로 수텐을 복용하는 환자가 많지는 않은 듯했다.

다음 날 혼자 부산 병원에 갔다. 주치의는 내가 다시 올지 몰랐는지 놀란 표정이었다. 수텐 먹기 전에 혹시나 하는 기대에 간 거라고, 진료는 계속 여기서 받을 생각이었다고 얘기했다. 신약이나 새로운 치료법이 없는 이상 굳이 서울까지 멀리 치료받으러 갈 이유는 없었다. 주치의 판단이 서울 병원과 같았기 때문에 신뢰감이 더욱더 깊어졌고, 주치의를 믿으며 다시 열심히 치료하기로 했다. 항암치료를 두 달 가까이 쉬었기 때문에 체력이 무척 좋아져서 의지가 샘솟았다.

2012년 1월부터 수텐 37.5mg을 매일 복용하게 되었다. 간호사는 규칙적인 시간에 매일 복용하는 것을 유난히 강조했다. 24시간 주기를 지켜야 한다고 했다. 그래서 아침 8시에 알람을 맞춰두고 수텐을 복용했다. 그렇게 두 달을 매일 복용하다가 3월부터는 수텐 50mg을 4주 먹고, 2주 쉬는 방법으로 바꾸었다.

손과 발을 빼앗기다

모든 항암제가 그렇듯 수텐에도 부작용
이 있었다. 외적으로 두드러지는 게 머리카락과 속눈썹이 하
얗게 변하는 거였다. 머리카락이 하얗게 나기 시작했다. 처
음 흰머리를 발견했을 땐 '벌써 흰머리가 나다니⋯.'하고 당
황스러웠다. 흰머리는 계속 늘었다. 한두 가닥쯤 애교스럽게
나는 수준이 아니라 수북하게 많아졌다. 뽑으면 더 늘어난다
는 말에 함부로 뽑지도 못했다. 시간이 흐를수록 머리 전반
이 새하얘져 갔다.

그때서야 문득 이상하다는 생각이 들었다. 혹시 글리벡
처럼 예상치 못한 항암제 부작용일까 싶어서 수텐 부작용에
대해서 찾아보았다. 불행 중 다행인지 부작용 중 하나였다.

머리숱이 적어서 항암제 부작용 중에 탈모가 있을까 걱정했는데 뜬금없이 흰머리라니, 이게 뭐지 싶었다. 수텐을 복용할 때는 흰색으로 자라나다가, 휴식기에는 다시 원래 색으로 자라났다. 그래서 흰색과 원래 머리색이 교차로 층을 이뤄서 줄무늬가 형성되었다. 쉽게 말하자면, 얼룩말 무늬였다. 아예 흰머리로 계속 나는 게 아니라는 걸 알고 놀랐는데, 어찌 보면 당연해보이기도 했다.

부작용이라는 걸 알고 나서는 오히려 마음이 가벼워졌다. 모자를 많이 쓰고 다녔지만 약을 완전히 끊으면(언제가 될지 몰랐지만) 원래대로 돌아올 거라는 생각에 속 편했다. 사람들이 신기하게 쳐다보는 것에도 점점 무뎌졌다.

수텐의 가장 심각한 부작용은 따로 있었는데 바로 수족증후군이었다. 손발이 극도로 건조해져서 피부가 빨갛게 변하고 물집이 잡혔다. 손바닥, 발바닥의 피부 껍질이 벗겨질 때는 정말 끔찍했다. 수텐, 수텐, 빌어먹을 수텐! 약을 복용한 뒤 종양이 줄고 상태가 호전됐다면 이렇게 열 받지는 않았을 거다. 수텐은 내게 긍정적인 영향보다 부정적인 영향을 훨씬 더 많이 끼쳤다.

손이 너무 아팠고, 발이 너무 아팠고, 벗겨지고 갈라진 피부에 옷자락만 스쳐도 눈물이 새어 나왔다. 통증으로 인해 자연스레 접촉을 싫어하게 되었고, 침대와 소파에 들러붙어 살았다. 하다 하다 스테인리스 수저를 쥔 손이 너무 아파서 나무 수저로 바꿀 정도로 피부의 쓰라림을 견디기 힘들었다. 비굴한 삶이었다. 건조한 피부의 보습을 위해 손발에 비닐을 씌운 채 지내야 했다. 비닐의 미끈거리는 감촉과 비닐 안에 습해진 공기로 인해 끈적이는, 피부에 닿는 촉감이 소름끼쳤다. 더없이 비참한 나날이었다. 해가 그리웠고, 건강한 손발이 사무치게 그리웠다.

처음 약을 처방받았을 때 병원에서 추천해준 로션을 사서 발랐다. 9개월간 수텐을 복용하면서 대용량 로션을 여섯 통이나 썼다. 피부가 갈라져서 찢어지는 느낌에 자다가도 일어나 로션을 발라야 했다. 나중엔 손발에 로션의 끈적임이 없으면 견딜 수 없는 지경에 이르렀다. 로션으로 만든 보호막이 없으면 공기에 닿는 것만으로 손이 찢어지는 것처럼 아파왔다. 부작용에 시달릴 때마다 '전신 화상을 입은 사람들은 정말 힘들겠다. 정말 미쳐버리겠네!'하는 생각이 매번 들었다. 잠도 잘 못 잤다. 아파서. 그렇게 손과 발을 빼앗겼다.

그러면서 점점 할 수 있는 일이 없어졌고, 침대에 누워 있거나 소파 위에 가만히 앉아있어야 했다. 움직일 수 있는 범위가 한정되어갔다. 집 안에 갇히자 감정이 날카로워졌다.

입안에는 구내염이 왔다. 입안이 다 헐어서 뭘 먹을 때면 펄쩍 뛸 정도로 쓰라렸다. 나중에는 먹는 일 자체가 힘겨워졌다. 하지만 먹지 않으면 몸이 상할 테고, 그러면 병이 더 심해질 거라는 생각에 꾸역꾸역 먹었다. 마치 아주 뜨거운 것을 먹고 난 뒤 입안이 다 헐어버린 상태 같았는데, 매일 입안의 벽과 혀, 입천장 허물이 벗겨지는 것처럼 따끔거렸다.

그래서 수텐 복용 시에는 된장찌개와 죽을 많이 먹었다. 김치처럼 고춧가루가 들어간 음식을 먹으면 혀가 뽑힐 듯 아팠다. 원래 매운 음식으로 스트레스를 풀었는데 그때부터 느끼한 음식으로 바꾸게 되었다. 순하고 부드러운 음식만 먹어야 했고, 그러자 음식을 먹기 싫은 마음이 들었다. 차라리 굶을 수 있다면…. 그래도 살아야 하니까 먹어야 했다. 다 벗겨진 손으로 나무 수저를 쥐고, 최대한 입안에 음식물이 닿지 않게 조심히 먹었다. 그렇게 혼자서 밥을 먹다 보면 눈물이 났다. 내가 살고 있는 게 너무 처절해서.

그 고생을 하다가 나중에는 간호사가 알려준 대로 가글을 자주 했다. 무얼 먹고 나면 양치질을 바로 한 뒤 하루 6번 정도 가글 했다. 약 복용 초반 가글을 제대로 하지 않아 입안이 심각한 상태가 되면 수텐을 복용하는 4주 동안은 정말 제정신이 아니게 되었다. 처음에는 아무것도 몰라서 가글을 못했고, 입안은 피부가 다 녹아서 벗겨진 상태처럼 됐다.

온몸이 건조하고 헐벗겨지는 느낌, 세포 하나하나가 견디지 못하고 말라가는 느낌이었다. 항암치료를 하면서 서서히 누적된 우울함이 수텐 부작용을 겪으며 폭발하듯 터져 나왔다. 마침내 나는 우울증에 걸렸다. 전조는 이미 있었겠지만 눈치채지 못했다. 조금씩 조금씩 수렁에 빠졌기 때문에.

우울의 밑바닥에서

수텐 부작용으로 손발 피부가 벗겨지면서 집밖으로 나갈 수 없었다. 무언가 살짝 닿는 것만으로도 발이 찌릿찌릿 저리고 쓰라렸기 때문에 신발을 신는 것부터 곤욕이었다. 심지어 집에서도 바닥에 발을 디디는 것을 최소화해야 했다.

처음에는 그렇게 집 안에 갇혔고, 시간이 더 흐르자 내 안의 검은 동굴에 갇혔다. 하루는 한없이 즐거웠고 다음 날에는 한없이 우울했다. 서서히 늪에 빠지고 있다는 사실을 깨닫지 못했다. 우울증은 어느 날 문득 내게 와 있었다. 가끔은 공허하고, 가끔은 외롭고, 또 가끔은 모든 것이 나를 불행하게 만드는 것 같았다. 주변의 관심과 애정이 귀찮은 일이 되어갔다. 나 하나 감당하기 버거워서, 그냥 혼자 내버려 뒀으면 싶었다. 어떤 말도 내 기분을 변화시킬 수 없으니까 말을 걸지 말아줬으면 했다. 힘든 와중에 착한 사람이기란 고단한 일이니까. 내가 못됐다는 걸 굳이 깨닫고 싶지는 않아서 그냥 혼자 있게 해줬으면 했다. 누군가에게 미움까지 받으면 정말 무너져 내릴 것 같았다.

주변 사람들은 나를 완전히 포기하지 않았다. 그게 귀찮고 심지어 화가 나기도 했다. "혼자 내버려 두라고 했잖아!" 하고. 하지만 정말 혼자 됐다면 세상엔 나 혼자밖에 없다며 우울했겠지. 나의 변덕을 내가 감당할 수 없었다. 별다른 이유 없이, 무엇이 원인인지 알 수 없지만, 그 어느 때보다 아주 불행했다. 그냥 힘들다는 마음뿐이었다. 반년 가까이 우울감이 계속되는 걸 깨달았을 때는 당혹스러웠다. '이게 뭐지? 왜 이렇게 우울한 거지?'

당시에는 미처 몰랐지만 스물여섯 살의 나는 우울증을 앓고 있었다. 암은 사람을 무기력하게 만들었다. 언제 죽을지 모른다는 두려움 속에서 지내다 보면 어떤 의욕도 생기지 않을 수밖에. 병에 걸린 건 정상적이지 않다는 생각이 거듭 들었다. 내가 잘못된 사람인 것만 같았다.

'왜 내가 이런 고통을 받아야 해? 다들 건강하게 잘만 사는 것 같은데 왜 나만 이렇게 고통받아야 하지?' 꼬리를 무는 생각에 휩쓸리다가 문득 현실을 깨달으면 마음이 원망으로 물들었다. 조금만 건드려도 분노가 폭발할 것 같은 아슬아슬한 감정 상태가 지속됐다. 가족들에게 그런 감정을 들키지 않으려고 곯아가는 속을 혼자 끌어안았다. 늘 그렇듯 혼자 버티려 했다. 내게 주어진 고난이고 아픔이기에 다른 사람을 힘들게 하면 안 된다고 생각했으니까.

'앞으로 내 삶은 어떻게 되는 거지? 어디까지 떠밀려가게 될까?' 짐작할 수 없었다. 항암치료라는 게 그런 거니까. 누구도 내가 완치할 거라고 확답할 수 없는, 언제까지 치료를 받게 될 거라고 누구 하나 보장해줄 수 없는…. 병에 걸린다는 건 이토록 불확실한 거였다. 아프게 되면서 모든 일이 불안정했다. 항암치료를 시작한 후 "언제까지 낫고 말 거야."하고 스스로 마감 목표를 정하고는 했다. 매년 쓰는 버킷리스트에 '올해 GIST 완치하기'라고 적었다. 그게 점점 무의미하게 느껴졌다. 무슨 의미가 있을까? 지우지 못하고 매년 갱신하는 희망 사항일 뿐인데.

나를 둘러싼 공기는 무겁고 어두워졌다. 서서히 주변에 안개가 드리워지기 시작했고, 눈치챘을 땐 짙은 어둠뿐이었다. 아침에 눈을 뜨면 눈가가 촉촉이 젖어 들었다. 우는 이유를 몰랐다. 그래서 울음을 멈추게 할 방법도 알지 못했다.

거울 속 내 모습을 보는데, 텅 빈 눈동자에 영혼이 없다는 생각이 들었다. 허전함을 허기로 착각하고 마구 먹어댔다. 그러다 보면 속이 더부룩해졌다. 체한 듯 답답한 가슴을 치면서 오늘 또 하루를 망쳤다고 후회하는 거였다. 감정의 악순환에서 벗어날 방법을 몰랐다. 원망한다고 달라지는 것은 없지만, 원망하지 않고 무엇을 해야 할지도 몰랐다.

나는 점점 병들고 있었다. 처음에는 있는지도 몰랐던 암성 통증이 잦아지면서, 말기 암에 이르면 얼마나 고통스러울지 두려웠다. 지금도 이렇게 아픈데 말기 암에 이르면 그 통증을 감당할 수 있을지 겁이 났다. 자신이 없었다. 이불을 뒤집어쓰고 눈물을 펑펑 쏟았다. 혹시라도 누가 들을까 봐 울음을 삼켜내면서 더 서러워졌다. 목놓아 울지도 못하는 신세가 또 처량해지는 거였다.

어느 날 칼로 팔목을 긋고 싶은 충동을 느꼈다. 그런 충

동을 깨닫고 경악했다. 자살 충동이라니! 마침내 내 상태가
정상이 아니라는 판단이 섰다. '그냥 다 포기하고 여기서 편
해지면 어떨까?' 유혹하는 목소리가 계속 들려왔다. 아파트
베란다에서 창문을 열고 여기서 뛰어내리면 죽을지, 아니면
어쭙잖게 살아서 불구가 될지 가늠해보았다.

어차피 다가올 미래가 말기 암의 통증이 전부라면 그냥
지금 끝내고 싶을 뿐인데, 자칫 죽지도 살지도 못하게 되면
안 되니까. 자살할 거라면 확실하게 해야 한다고 생각했다.
간혹 자살 관련 뉴스를 보며 역시 아파트 옥상에서 뛰어내리
는 게 제일 간편한 방법이란 생각이 들었다. 구체적으로 자
살 방법을 가늠하는 나를 깨달을 때마다 흠칫 놀랐다. 이런
상황에서 충동적으로 뛰어내리지 않은 건 가족들 때문이었
다. 내가 그런 식으로 끝을 낸다면, 남은 사람은 '자살한 사람
가족'이라는 타이틀을 가진 채 살아야 할 테니까.

어떻게 빠져나가야 할지 모르는 어둠 속에서 어떤 신이
라도 좋으니까 도와달라고, 절박하게 기도했다. 아무런 응답
도 들리지 않았다. 그래도 기도하지 않을 수 없었다.

죽음은 어디에나 있어

어느 날 우울증 관련 책을 읽고 나서였던 가. 이곳에서 탈출하고 싶다는 생각이 들었다. 그때쯤에는 어느 정도 우울증에서 벗어나고 있었는지도 모르겠다. 내가 우울증이라는 걸 인정하고, 다른 사람에게 내 마음이 그동안 많이 아팠다고 조심스레 고백할 수 있었다. 그동안 말을 하지 못한 건 자존심 때문이 아니었다. 누군가의 도움을 받아야 할 병이란 걸 의식하지 못했다. '내가 우울증일까?'하고 의심했다면 더 빨리 벗어날 수 있었을까? 책에는 가족들에게 도움을 청하라고 적혀 있었다. 다른 사람의 도움을 받으라고. 나 역시 주변의 도움으로 우울의 터널에서 벗어나 삶을 되찾았다고 생각한다.

혼자 고통을 짊어질 필요가 없다는 걸 깨닫기는 쉽지 않았다. 내게는 가족이 있고, 또 가족이 나를 감싸줄 수 있는 울타리라는 것을 잊고 지냈다. 고독과 절망 속에서 보이는 것은 내 모습뿐이었다. 어둠에서 벗어나자 비로소 다른 사람이 보이기 시작했다.

내가 주변 사람들을 돌아볼 여유가 전혀 없었을 때 가족들은 나와 함께 시간을 보내려 애썼다. 결혼한 언니가 전보다 더 자주 찾아왔다. 엄마와 함께 보내는 시간도 훨씬 늘었다. 함께 시장에 가고, 맛있는 걸 사 먹고, 걸었다. 당시 플래너를 보면 우울한 와중에도 뭔가를 많이 했는데, 혼자 한 것은 거의 없고 가족과 함께 한 일이 대부분이었다. 그땐 미처 몰랐지만, 가족들은 나를 데리고 자주 어딘가로 나갔다. 내가 집안에 갇히지 않게 가족들이 신경 썼다는 걸, 시간이 지나서 깨닫게 되었다.

그맘때쯤 언니에게 죽음이 무섭다고 했더니 "정말 죽어? 그럴 수 있지. 하지만 지금은 사랑하는 사람들과 함께 있잖아. 그늘에 지지 말자. 지금을 빼앗기지 말자. 그거 알아? 교통사고로 죽는 사람이 암으로 죽는 사람보다 많다는 거. 죽음은 어디에나 있어. 두려워 마."라고 말해주었다. 그때 언니가 해준 말이 큰 울림을 주었다.

두려울 필요가 없구나. 사람은 누구나 죽음의 위협 속에 사는구나. 평소에 잊고 있을 뿐이지 특별한 게 아니구나. 그렇게 우주적 관점으로 멀리서 보니 괜찮아졌다. 사람들은 자신이 죽는다는 사실을 평소에 잊고 살기 때문에 살아갈 수 있는 게 아닐까? 병에 걸린 사람들의 문제는 죽음을 수시로 자각한다는 데 있다. 죽음이 두려워서 살아가는 것이 힘겨워지는 거다. 자꾸 내면에서 '난 죽을지도 몰라!'하고 외치니까. 하지만 죽는 건 누구에게나 닥치는 일이다. 아픈 사람만 겪는 일이 아니다.

한때 진지하게 고민했던 생을 끝내는 방법들, 그중 어떤 계획도 실행하지 않아서 나에게 고맙다. 그래도 살아있는 게 좋으니까. 힘들어도 가끔 기쁘잖아. 몹시 행복한 날들도 있잖아. 그런 날들이 주는 즐거움 때문에 살아있는 게 좋았다. 만약 내일 죽는다고 해도 오늘은 웃고 싶다. 사는 동안 웃는 날이 더 많으면 좋겠다. 죽음을 앞둔 순간에 "불행한 날보다 행복한 날이 더 많았어."하고 말할 수 있다면 좋겠다.

몸속에 피가 새고 있었다니

그 시절 나는 마음마저 병에 걸렸다. 아
니다, 몸을 따라 마음이 병들었다고 해야겠지. 마음은 병드
는 속도가 훨씬 빨랐고 그에 따라 몸도 더 빠르게 나빠졌다.

수텐을 복용한 지 9개월째 또다시 왼쪽 옆구리에 강한
통증이 왔다. 몇 주 동안 몸 상태는 꾸준히 나빠지고 있었다.
복수가 계속 차고 나날이 속이 메스껍더니 항문에서 피가 흘
러내렸다. 불길한 예감이 들었다. 며칠째 변이 검은색이었다.

다음 날 서둘러 종양내과 진료실을 찾았고, 즉시 입원했
다. 당장 병실에 자리가 없어 응급실에서 하루 대기해야 했
는데, 응급실 간호사가 통증을 호소하는 내게 몸에 붙이는
진통제를 줬다. 의사들이 왔다 갔다 하며 변이 정말 검은색

이었냐고 계속 물었다. 그냥 진한 고동색이나 갈색은 아니었
냐고. "소름 끼치는 검은색이었다."라고 답했다. 분위기가 더
심각해졌다.

몇 가지 검사를 마치고 뱃속에 피가 흘러넘치고 있다는
걸 알게 됐다. 다음 날 10층 병동으로 옮겨 소변줄을 달았다.
링거로 수혈 팩과 항생제를 맞으면서 눈을 뜨고 있을 기운도
없어 계속 잠만 잤다. 보호자로 언니가 와 있었는데, 언니는
입원 전날에 우리 둘이 싸워서 내가 아프다고 생각하는 것
같았다. "몇 주 전부터 아팠어. 그런 거 아니야."하고 말했지
만 언니는 계속 미안해했다. 저린 팔다리를 주물러주는 언니
의 손이 따뜻해서 어쩐지 눈물이 날 것 같았다.

셋째 날에는 온종일 6번에 걸쳐 검사했다. 마침내 상처
부위를 찾아냈는데, 출혈이 일어난 지 몇 달 만의 일이었다.
언젠가부터 복수를 뺄 때마다 노란 물이 아니라 피가 섞인
붉은 물이 나왔는데 피가 새는 곳을 찾지 못하고 있었다. 그
래서 복수를 뺄 때면 빈혈이 더 심해지는 기분이 들었다. 복
강 내 출혈이 있으면 장기에 좋지 않다고 했다. 그래서 그전
에도 몇 번이나 출혈하는 곳을 찾으려고 검사를 했지만, 번

번이 실패하던 터였다.

출혈이 일어나는 부위는 찾았지만 원인은 여전히 알 수 없었다. 주치의는 수텐을 의심하는 내게 수텐 부작용으로 여태껏 이런 일은 없었다고 단언했다. 암으로 생긴 합병증으로 짐작했다. 생리가 끝나면 자궁이 닫혀야 하는데 안 닫히고 계속 피를 내보내서 그런 거라고, 그 피가 장기에 묻어서 배가 아픈 거라고 했다. 입원 전날까지도 배탈인 줄 알고 배 찜질만 했는데 복부에 피가 차서 그랬다니….

출혈 부위를 치료하는 것은 불가능했는데, 수술은 너무 위험하다고 했다. 배보다 배꼽이 더 크다는 거였다. 그냥 누워서 기다리는 것밖에는 방법이 없었다. 며칠 동안은 똑바로 가만히 누워만 있어야 했고, 피를 멈추게 하는 지혈제와 빨리 스며들게 하는 약을 계속 투여했다. 움직이면 피가 샌다고 해서 똑바로 누워서 며칠씩 지내다 보니까 허리가 끊어질 듯 아팠다. 마침내 피가 거의 스며들고 "옆으로 잠깐씩 누워 있어도 된다."는 허락을 받았을 때는 얼마나 행복하던지.

옆으로 누울 수 있게 되고 며칠 뒤 소변줄을 빼고 대변 약을 먹었다. 가득 찬 복수를 빼내기 위해 이뇨제를 30~40

분마다 투여했던지라 새벽을 포함해 24시간 내내 화장실에 들락거려야 했다. 대변은 입원한 지 일주일이 되었을 때 보았는데 다행히 고동색과 녹색이 섞인 묽은 변이었다. 이 와중에 수텐을 다시 복용하기 시작했다. 끔찍했다. 입원한 지 11일째였다. 집에 가고 싶은 마음뿐이었다.

기쁘게도 다음 날인 일요일에는 외출할 수 있었다. 하루를 집에서 보내고 월요일에 병원에 돌아오기로 했는데, 집에 도착하고 몇 시간 지나지 않아 편도선이 부어 열이 났다. 그날 밤 혼자 병원으로 복귀했다. 그냥 집에 있고 싶었는데 합병증이 걱정된다며 엄마와 언니가 택시에 태워 보냈다. 병실에서 해열제를 맞으며 그렇게 서러울 수 없었다. 병원에 있는 게 너무 슬퍼서 울다가 잠이 들었다.

더는 아프지 않다면

퇴원하고 나흘 후 종양내과 외래 진료를
보았을 때 다행히 혈액 검사 결과는 괜찮았다. 복수는 계속
차는 중인 것 같았고, 그래서 꾸준히 이뇨제를 먹어야 했다.
이뇨제를 복용하지 않으면 복수가 차서 힘들었고, 반대로 복
용하면 신장 수치가 높아졌다. 등뼈가 아파서 앉아 있는 것
마저 힘들어졌다.

당시에 그 모든 고생을 감내한 이유는 암세포가 죽고 있
다고 여겼기 때문이었다. 당혹스럽게도 몸은 점점 나빠지기
만 했다.

잠이 계속 쏟아졌고 갈수록 자는 시간이 늘었다. 내가 침
대 위에서 죽어가고 있다는 생각이 들었다. 몸 상태가 급속

도로 악화되기 시작했다. 밥도 싫고, 텔레비전도 싫고, 대화하는 것도 싫고, 그냥 잠만 자고 싶었다. 더는 항암치료를 받고 싶지 않았다. 너무 지쳐 있었다. 손발이 다 까지고, 입안도 다 까져서 음식을 먹는 게 괴롭고, 팔다리가 멀쩡히 달려 있는데 걸을 수 없다는 것도 슬펐다. 항암치료를 끊고 편안히 죽음을 준비하고 싶어졌다.

호스피스에 대해 진지하게 찾아본 것도 그쯤이었다. 막상 호스피스 병동에 입원할 마음은 들지 않았다. 비용이 상당한 것 같았고, 더는 병원에 갇혀 있고 싶지 않았다. 죽기 전까지 집에서 진통제를 복용할 생각이었다. 말기 암의 암성 통증이 두려웠지만, 그저 진통제로 버틸 요량이었다. 여기서 더 나빠질 것도 없다는 생각이 들었다. 수텐을 끊고 수족 증후군이 나으면 항암제 말고 진통제만 챙겨서 이곳저곳 여행을 다니면서 해보고 싶던 것들을 잔뜩 할 생각이었다. 그냥 남은 시간을 행복하게 보내다가 자연스럽게 죽음을 맞고 싶었다. 어떤 식으로 내 의사를 전달해야 하는지 고민이 많았다.

10월 중순 가족들에게 "당분간 약을 안 먹고 싶어."하고 내 뜻을 전했다. 진지하게 자연사까지 생각한 것은 얘기하지 못했다. 많이 지친 상태라서 더 이상 약을 못 먹겠다고 했다. 5년 동안 항암치료를 했으니까 좀 쉬면 안 되냐고 했다. 언니가 자연치유 요법을 제안하며 바로 자연치유 요법을 시행하는 요양병원을 알아 왔다. 5~6곳 있었는데 이런저런 치료를 추가하지 않은 기본 입원비만 한 달에 150만~180만 원 정도였다. 부담스러웠다. 나로 인한 빚을 더 늘리고 싶지 않았다.

다음 날 일요일 가족회의를 했다. 지금 너무 힘들어하니까 당분간 약을 끊고 그다음에 어떻게 할지 생각하자는 결론이 났다. 일주일 후에는 종양내과 진료가 예정되어 있었다. 그때 주치의에게 한동안 수텐을 쉬고 싶다는 뜻을 전하기로 했다. 마음이 한결 편안해졌다.

그날 오후 내 방이 춥다고 가족들이 단열 벽지를 사서 붙여줬는데 벽지 디자인이 마음에 들어서 행복했다. 결정을 내리고 나자 뭔가 다 잘될 것 같은 기분이 들었고 마음에 여유가 생겼다. 그래서 저녁을 먹고 언니와 함께 집에서 5분 거리의 마트에 가서 과자도 사 올 겸 산책을 다녀오기로 했다. 그동안 너무 집에만 갇혀 있었으니까 밖으로 나가 좀 걷고 싶었다.

　아파트를 나서고 얼마 걷지 않아서 숨이 차는 게 느껴졌다. 전력으로 달리기를 한 듯 호흡이 버거웠다. 이건 아니라는 당혹감이 들어서 언니에게 집에 돌아가자고 했다. 뒤돌아서 열 발자국도 채 걷기 전에 털썩 무릎이 꺾였다. 하필 그게 도로 중앙이었고, 언니는 차가 온다며 나를 일으키려고 옆에서 끙끙댔다. 점점 언니의 목소리가 멀어지더니 눈앞이 암흑으로 변했다. 몸을 웅크린 채 기절하지 않으려 필사적이었다. 조금 있다가 서서히 앞이 밝아졌다. 이건 고등학생 시절 복도에서 앞이 노래지던 것보다 심각하다는 생각이 들었다. 다시 한번 내가 죽어가고 있다는 생각을 했다. 치료에 돈을 더 들이는 건 구멍 난 독에 물을 들이붓는 격이라는 확신이 섰다. 온몸에 힘이 쭉 빠져서 몸을 일으킬 수 없었다. 식은땀으로 옷이 흠뻑 젖어 있었다. 언니의 부축을 받아서 끌려가듯 겨우겨우 집으로 향했다.

　다음 날 아침 일찍 병원에 갔다. 컨디션이 나쁜 나를 배려해주셔서 간호실 옆 주사실 침대에 누운 채 진료 순서를 기다리게 됐다. 보호자로 동행했던 아빠와 언니는 나를 빼고 들어간 진료실에서 주치의에게 혼이 났다고 했다. 아침에 진행한 피검사에서 헤모글로빈 수치가 3.3g/dl(성인의 평균 헤모글로빈 수치는 15g/dl 내외로, 성인 여성 기준으로 12g/dl 이하로 떨어질 때 빈혈이라고 본다)이 나왔다. 그날은 10월 22일이었고, 수혈을 받은 지 고작 열흘 지난 시점이었다. 이렇게 급격히 수치가 떨어졌다는 게 황당하기만 했다. '분명 열흘 전 피를 2팩이나 맞았는데 그 많은 피가 이렇게 빨리 소진되었다고?' 도대체 어디서 그렇게 피가 사라지는지 알 수 없었다. 암세포가 가로챈 걸까? 그날 서둘러 입원해서 며칠 동안 계속 수혈을 받아야 했다.

임상시험에 희망을 걸다

수혈을 받고 퇴원한 지 일주일이 지나 주치의는 "수텐이 안 듣는 것 같다."고 진단했다. 예상치 못한 얘기였고, 진짜 자연치유 요법이 필요한 시점인가 싶어졌다. 주치의는 결론적으로 서울 병원에 가볼 것을 권유했는데, 올라가서 임상시험약을 먹어보는 게 어떻겠냐는 것이었다. 글리벡을 다시 복용하는 건 건강보험이 적용되지 않아서 약값을 감당할 수 없었기 때문에 신약을 먹어보라고 권유한 거였다. 주치의는 오랫동안 이것저것 알아보고 고심한 듯했다. 주치의에게 5년간 치료를 받으면서 정이 많이 들었는데, 나만 그런 게 아니라 주치의 역시 그랬을지도 모르겠다는 생각이 들었다.

그날 진료실에서 나오자마자 언니에게 전화해 "임상시험에 참여할 것을 권유받았다."라고 이야기했다. 당장 이것저것 알아보았는지 다음 날 언니로부터 연락이 왔다. 서울 병원에서 새로운 치료 약의 임상시험을 진행하는 중이지만 곧 종료되기 때문에 참여할 수 없다고 했다. 대신 글리벡을 복용하다가 수텐으로 바꾼 환자를 대상으로 다시 글리벡을 복용하는 임상시험이 있다며 상담을 한번 받아보자고 했다.

더는 효과가 들지 않는 약이 소용이 있을까 싶었지만 언니의 말을 들어보니 글리벡에서 수텐으로 바꿨다가 다시 글리벡을 복용한 환자 중 약효가 드는 경우가 있다고 했다. 다시 희망에 부풀었다.

바로 진료 예약을 해 다음 날 상담을 받게 되었다. 연구 간호사가 "약 부작용으로 수텐을 복용하지 못하고 글리벡을 다시 쓰려는 경우는 이 임상시험에 참여할 수 없다."라고 말해서 '어쩌지….'하고 희망이 가라앉았다. 언니는 침착하게 내가 참여할 수 있는지 확인하기 위해 다음 진료와 검사를 예약했다. 나쁜 생각을 하지 않으려 했지만 쉽지 않았다. '잘되게 도와주세요.' 묵주반지를 쓰다듬으며 몇 번을 기도했던가.

각종 검사가 끝나고, 그동안 걱정과 달리 참여가 가능하다는 결과가 나왔다. 부작용에 따른 중단이 아니라 약 효과가 들지 않아서 복용을 멈춘 거라고 판단되기 때문에 참여할 수 있다는 것이다. 연구 간호사가 "종양 크기가 기준치에 들지 않는다."고 얘기하자 의사가 CT 검사 결과를 이리저리 확인하더니 기준에 든다고 했다. 잠깐 사이 감정이 오르락내리락했다. 기쁨으로 가슴이 벅차올랐다. 그날은 '약이 제발 효과가 있으면 좋겠다.' 기도하다가 잠이 들었다.

그해 11월 15일부터 임상시험약을 복용했다. 임상시험약은 매일 아침 8시 30분에 먹었다. 일정한 시간에 규칙적으로 약을 먹어야 한다고 강조해서 평소보다 더 신경 써야 했다. 기록지를 매일 적어야 했는데, 복용 시간과 복용 후 토한 날, 컨디션 난조로 먹지 않은 날 같은 것을 기록했다. 매달 병원에 방문해 진료가 끝나면 지난달 남은 약을 반납하고 새로운 약을 처방받았다. 약이 담긴 봉투에는 병록 번호와 성명, 나이, 진료받는 과가 적혀 있었다. 빨간색 바탕에 흰 글씨로 '임상시험약'이라고 적힌 스티커가 붙어있어 가끔 생체실험 대상이 된 것 같은 묘한 기분이 들었다.

통증은 틈틈이 찾아왔고 복수는 변함없이 찼다. 여전히 복수가 차 있었지만 웬만하면 배에 바늘을 꽂고 싶지 않았다. 복수를 주삿바늘로 빼면 다음에 더 많은 양이 찬다는 얘기를 연구 간호사에게 들은 이후 더욱 꺼려졌다. 이뇨제를 복용하면서 조절하고 싶었는데, 신장 수치가 그사이 더 올라서 별수 없이 바늘을 꽂아야 했다.

응급실에 실려 갈 정도는 아니지만, 식은땀이 흐를 정도의 통증은 잊을 만하면 찾아왔다. 팔로 이어지는 어깨 부근이 쿡쿡 쑤시기 시작하면 몇 시간 뒤에 강한 통증이 온다는 걸 자연스럽게 알게 되었다. 진통제를 미리 복용하는 일에 익숙해지면서 혼절할 것 같은 통증은 피해갈 수 있게 되었다. 아니다, 그보다는 통증이 왔지만, 진통제로 마비된 몸이 느끼지 못한다는 표현이 맞겠다. 버틸 만했지만, 점점 강한 진통제가 필요할지 모르겠다는 생각이 들었다. 아직 겪어보진 않았지만 말기 암 환자가 겪는 고통은 분명 상상 이상이겠지. 통증이 시작되면 다들 이런 고통을 참아내며 살아내고 있다는 사실에 눈물이 쏟아질 것 같았다.

사랑했다고 말해주기를

2015년 1월 서울 병원에 방문했다. 평소처럼 첫날 검사를 하고, 이튿날은 친구와 보내고, 셋째 날 진료를 받았다. 진료실에 들어서기 직전까지도 별다를 것 없는 하루가 흐를 거라고 여겼다.

주치의는 한참 동안 말없이 CT 검사 결과를 보셨다. 꽤 긴 시간이 흘렀고, 뭐가 잘못됐나 하는 불안감이 들 때쯤 수술하자는 권유를 받았다. 부산 병원에서 6년간 항암치료를 받다가 서울 병원으로 옮긴 지 3년 만의 일이었다. 주치의의 권유를 듣고는 멍해졌다. 분명 한국말인데 해석되지 않은 채 귓가에 둥둥 떠다녔다. 내 얼굴에는 당혹스러움이 그대로 드러났을 것이다. 주치의는 침착하게 "글리벡이 효과가 있지

만, 오랫동안 약을 먹었기 때문에 나중에 내성이 생겨서 들
지 않을 수도 있다."라고 설명했다.

진료실을 나온 뒤 다리가 후들거려 의자에 주저앉았다.
심장은 100미터 달리기를 한 듯 빠르게 뛰었다. 다 괜찮을 거
라고, 손으로 가슴을 감싸 안고 놀란 마음을 다독였다. 내려
오는 열차에서 언니에게 전화를 걸었다. 횡설수설하면서도
눈물이 앞섰다. 사람이 많은 곳에서 울고 싶지 않아 집에 가
서 혼자 울자고 마음을 가다듬었다. 갑작스러운 소식에 언니
도 나만큼 당황했다. 그런데도 금방 마음을 추스르고 불안해
하는 나를 달래주었다. 괜찮을 거라고, 다 잘될 거라고.

수술이 다가올수록 걱정이 앞섰다. '잘될까? 만약 수술이
잘못되면 내 생은 그날로 끝일 텐데, 그냥 항암제를 계속 복
용하면서 치료하는 게 낫지 않을까?' 수술이 잘못될 경우를
생각하지 않을 수 없었다. 죽는다면 나는 고통이 없어질 텐
데, 가족들은 내 죽음을 감당해야 했다. '왜 우리 가족에게 이
런 일이 생긴 걸까…'하고, 가족들이 자책하지 않았으면 했
다. 아프긴 했지만 살아가는 동안 행복했으니까 괜찮다고 말
하고 싶었다.

수술을 앞두고 방 정리를 시작했다. 남에게 보이면 창피한 물건 따위를 정리했다. 문득 내가 죽은 뒤 내가 사랑한 사람들이 내 얘기를 해줬으면 싶었다. 사랑했노라고, 그런 이야기를 내 장례식장에서나 시간이 흐른 뒤 그들의 일상에서 듣고 싶었다.

　스물아홉 살… 나이가 들수록 두려운 게 많아졌다. 혹여 잘못되어 죽는 것까지는 괜찮았다. 남은 사람들이 걱정되긴 하지만 다들 잘 이겨내고 살아갈 거라고 생각했다. 모두 그렇게 살아가니까. 더 큰 불안은 의식이 없는 상태로 몸만 살아있는 것이었다. 그러니까 식물인간이 되어 나오는 것. 너무 은밀해서 나조차 놓칠 뻔한 진심이었다.

　나는 식물인간으로는 목숨을 유지하고 싶지 않았다. 병원비 혹은 요양비가 기약 없이 계속 나가서 집안에 부담이 되는 것도 싫고, 무엇보다 인간으로서 자유를 빼앗긴 내 모습이 싫었다. 의식 없는 내 몸을 누군가 닦아주는 걸 상상하면 수치스러웠다.

　그런데 일어나지 않았으면 하는 그 일이 만약 일어난다면? 그에 대한 대비를 해둬야 한다는 생각이 들었다. 유서를 쓰고 가야 할지 말아야 할지 고민이 많았는데, 유서를 쓰면 정말 죽으러 가는 것 같을까 봐 결국 쓰지 못했다. 대신 평소처럼 일기를 썼다. 내가 죽게 된다면, 잘못된다면, 가족들이 내 짐을 정리하면서 일기를 발견하지 않을까 하는 막연한 생각이었다.

사는 동안 행복했으니까 후회 없다는 얘기, 그러니까 내 죽음을 너무 슬퍼하지 말고 행복하게 살다 왔으면 좋겠다는 얘기. 만약 내가 식물인간이 된다면, 편히 죽게 해달라는 얘기, 그렇게는 살고 싶지 않다는 내 입장을 짧게 적었다. 대비를 해뒀다는 사실에 조금은 안심이 되었다.

세 번째 수술

목에 큰 주삿바늘을 꽂는 게 수술 준비의 시작이었다. 수술 중 수혈을 위해 상당히 굵은 관을 꽂아야 한다고 했다. 멀쩡히 의식이 있는 상태에서 바늘을 꽂았는데, 우두둑하는 소리가 선명히 들렸다. 아침부터 공포물을 찍고 있는 기분이었다. 오늘 하는 게 맞나 싶을 만큼 기다림에 지쳤을 때 수술실에 가게 되었다.

엄마와 남동생에게 "다녀올게."라고 말하고 싶었는데 어떻게 될지 모르니까 하지 않았다. 일이 잘못되었을 경우 지켜지지 못할 말을 남기고 싶지 않았다. 그만큼 21년 전, 11년 전 수술과는 다르게 죽음을 깊게 의식하고 있었다. 수술 대기실에 들어서자마자 산소마스크 같은 걸 씌우고는, 마취약

이라면서 곧 잠이 들 거라고 했다. "벌써요?"라고 물으려 했
는데 그대로 의식이 멀어졌다. 불안정한 마음 그대로 어둠
속으로 떨어졌다. 시야가 온통 까맸다.

　눈을 떴을 때는 온몸이 아팠다. 제일 먼저 보이는 것은
벽에 비치된 의료제품이었다. 알코올 솜, 주삿바늘 따위의
일회용 의료제품이 가득 쌓인 게 보였다. 당연히 중환자실일
줄 알았는데 예상과 달리 무슨 창고 같은 곳에 있었다. 왜 여
기에 있는지 이해되지 않았다. '혹시 죽어서 지금 내 시체가
여기 방치되고 있는 건가?'하는 엉뚱한 상상을 했다. 멀지 않
은 곳에서 사람들이 부산스럽게 움직이는 게 느껴졌다. 누구
한 사람이라도 와서 내가 깨어난 걸 눈치채주길 바랐다. "저
기요."라고 읊조리는 내 목소리는 너무 미약해서 내 귀에조
차 잘 들리지 않았다. 그냥 숨이 빠져나가는 작은 소리였다.
잠들지 않으려 버틴지 한참이 지나 한 간호사가 다가왔고 엄
마를 불러주셨다.

　그곳은 간호사실 옆이었다. 수술한 다음 병실로 돌아왔
는데 상태가 나빠져서 옮겼다고 했다. 수술은 오래 걸렸다고

했다. 3시간 정도 예상했는데 6시간이 넘어갔단다. 수술을 담당한 외과 의사는 회진을 와서 "피를 26팩이나 썼다."라고 알려줬다. 의사는 다시 하라면 못한다면서 고개를 저었다. 순간적으로 "기적이네요."라고 말할 뻔했다가 내 생존이 기적에 가깝다는 말은 굳이 내뱉고 싶지 않아서 안으로 삼켰다.

의식이 완전히 돌아오자 격렬한 통증이 느껴졌다. 힘들 거라고 예상했지만 현실로 다가온 고통은 말도 못 하게 엄청났다. 기억은 시간이 지나면 미화된다더니, 11년 전 중환자실에서 겪은 고통도 어느 정도 미화된 게 아닌가 싶을 정도로 통증이 극심했다. '이렇게 힘든 걸 내가 왜 한다고 했지…' 후회가 들었다. 목구멍에 가래 덩어리가 걸린 듯 숨이 막혔다.

깨어있는 시간에는 수술 부위 통증이 적나라하게 느껴졌다. 살아있다는 사실을 매순간 날카로운 통증으로 느낄 수 있었다. 칼을 댄 부위의 화끈거리는 통증을 의식하자 속이 울렁거렸고 나중에는 머리마저 어지러워졌다. 무엇보다 숨 쉬는 게 제일 버거웠는데, 산소 호흡기를 착용하는 시간이 길어질수록 코안이 건조해져서 피가 날 정도로 헐었다. 제대로 숨을 쉴 수 없어 오만상을 쓴 상태로 호흡을 가다듬었다. 조금이라도 편안하려고 복식호흡을 하면서 몸의 긴장을 최

대한 풀려고 했다. 주변의 사물이 시야에서 점점 사라지고 '아
프다'는 생각만 쏟아졌다. '아파, 아파, 아파. 누가 이 통증을
멈춰주었으면. 제발, 제발….' 신음이 절로 흘러나왔고 눈물
이 새어 나왔다. 수술 이후 아직 몸을 마음대로 움직일 수 없
는데도 '몸을 새우처럼 말면 고통이 조금은 덜하지 않을까?'
하는, 시도해볼 수조차 없는 헛된 생각을 했다.

10년째 항암치료를 받고 있었지만 암 환자의 고통을 여
전히 잘 몰랐다. 이런 식의 실체가 존재하는, 몸이 느끼는 통
증을 상상해본 적도 없었다. 평소 진통제를 맞는 것에 이상
하게 저항감이 들었는데, 그 순간만큼은 의료진이 어서 빨리
조치해주기를 바랐다. 무통 주사를 맞고도 30분이 지나야
효과가 있다는 이야기를 들었을 때는 나도 모르게 욕이 나
왔다.

일상의 행복

- 손혜진님 수술실에 입실하셨습니다. 오후 03:02
- 손혜진님 수술 종료되어 회복 중이며 1~2시간 후
  병실로 가실 예정입니다. 오후 09:45

　　병원에서 보낸 이 문자 두 통을 지우지 않고 소중히 보관하고 있다. 다시 얻게 된 삶을 잊지 않기 위해서다. 세 번째 개복 수술을 하면서 몸에는 십자가가 새겨졌다. 앞선 두 번의 수술에서 칼자국이 횡으로 가로질렀다면, 이번 수술은 종으로 칼자국을 냈다. 기껏 희미해진 흰 가로선 위에 선명한 붉은 세로선이 새겨졌다. 십자가가 된 흉터, 10여 년마다 만들어진 상흔이었다.

수술 전에는 용변을 보는 것에 관해 미리부터 걱정이 많았다. 몸을 가누지 못할 텐데, 그러면 온전히 엄마 손에 의지해야 할 텐데, 환자라도, 환자였어도 부끄러웠다. 분명 나에게 수치스러운 과정일 테고, 엄마에게도 즐거운 일이 아닐 것이다. 물론 내가 아기일 때 엄마가 용변을 닦고 기저귀를 갈아줬을 테지만, 어른이 되었다는 이유로 이 일을 다시 겪는 게 창피해졌다. 할 수만 있다면 온몸이 쪼그라들어 작아져 숨고 싶을 정도로.

수치심은 그렇다. 가족이기 이전에 나라는 한 인간이라서 그런가 보다. 다행이었는지 이번에는 침대에서 용변 누는 일을 겪지 않았는데, 수술 이후 처음 물을 마셨을 때 장기에 물이 새는 걸 발견해서 음식을 먹는 일이 한참 늦어졌기 때문이었다.

세 번째 수술이 끝나고 신장은 제 기능을 다 하지 못했고, 소변이 나오지 않아 결국 투석을 받아야 했다. 소변 주머니에 소변이 차는 게 행복한 일이라는 걸 21년 전, 11년 전의 나는 상상도 못 했겠지.

소변줄을 꽂아 두면 계속 소변이 마려운 느낌이 들었다.

그래서 그런지 화장실에 가는 꿈을 자주 꿨다. 가다가 싸는 꿈도 꾸고, 도착했는데 사람들이 화장실 칸에 다 들어가 있어서 금방이라도 나올 것 같다고 발을 동동거리는 꿈도 꾸고, 변기 뚜껑을 열었는데 대변이 있어서 차마 누지 못하는 꿈까지 다양하게도 꿨다.

소변줄을 꽂고 있을 때는 물론 빼고 나서도 소변을 누고 싶은 느낌이 한동안 계속됐다. 소변이 마려운 것 같아서 화장실을 자주 갔지만, 막상 가면 무척 적은 양이 나왔다. 참는 게 약해져서 그렇다고 했다.

소변줄을 꽂고 있으면 옷에 걸쳐진 줄의 느낌도 불편했고, 감염될까 봐 간호사들이 그곳을 자주 소독하는 것도 창피했다. 뺄 때 쑥 빠지는 느낌도 소름 끼쳤다.

직접 볼일을 보는 거, 내 손으로 세수하는 거, 밥 먹는 거, 스스로 자리에 앉고 걷는 거…. 일상에서 당연히 누리던 일들을 수술 후 한동안 할 수 없었다. 그래서 다시 몸을 자유로이 움직이게 되면 '나는 참 행복한 사람이구나.'하고 행복해졌다.

불길한 예감

수술 후 배에 찬 가스를 빼기 위해 평소처럼 복도를 걷고 있을 때였다. 저 멀리서 간호사가 놀란 얼굴로 손짓했다. 당황해서 돌아보자 간호사가 알코올 솜을 들고 뛰어왔다. 알고 보니 내가 링거 연결선이 빠진 상태로 걷고 있었다. 흘러나온 피로 환자복이 새빨갛게 젖어 있었고, 뚝뚝 떨어진 피가 운동화까지 적시고 있었다. 어찌해야 할지 모르고 멍하니 서 있자 간호사가 서둘러 수습하고는 "병실에 가서 옷을 갈아입는 게 좋겠어요."하고 일렀다. 그제야 바닥에 흥건한 피 웅덩이에서 눈을 뗄 수 있었다.

침대로 돌아와서야 매일 신고 다닌 운동화에 피가 얼룩져 있는 게 보였다. 피 웅덩이를 밟은 운동화는 못내 끔찍하게 느껴졌다. 좋지 않은 미래를 예견하는 것만 같아 당장 운동화를 버리고 싶었다. '왜 하필 내가 좋아하는 운동화에….' 병문안을 온 언니가 새 신발을 사 왔지만, 새 신이라서 그런지 영 불편해 피 묻은 운동화를 빨아서 다시 신었다. 그 운동화를 볼 때마다 '꼭 불길한 미래를 암시하는 것 같지 않아?' 하는 마음과 '아니야, 이건 액땜한 거야!'라는 마음이 교차했다.

얼마 지나지 않아 일어난 일은 그날의 불길함을 자꾸만 상기시켰다. 수술할 때 목에 꽂은 큰 관을 몇 주 동안 빼지 않고 사용했는데, 링거 주삿바늘을 꽂을 혈관을 찾기가 쉽지 않아서였다. 수술하고 살이 빠져서 전보다 더 혈관을 찾기 어려운 듯했다.

그러던 어느 날 입이 뒤틀렸다. 며칠 전부터 마음을 먹는데 치아가 묘하게 어긋나더니 그날 아침은 유난히 위아래 치아가 삐끗거리고 맞물리지 않았다. 턱과 얼굴이 서로 다른 방향으로 달리는 듯했다. 놀라서 간호사를 부르자 얼음 팩을 가져다주면서 찜질을 하고 있으라 했다. 찬 얼음을 얼마나 대고 있었을까. 상태가 더 심해졌다. 알고 보니 이럴 땐 따뜻한 찜질을 해야 하는 거였다. 그 간호사는 경험이 부족한 신입이었다. 착하지만 실수가 잦았다. 그래도 좋은 의도로 한 일이라서 화도 못 냈다.

비뚤어진 턱을 원래 위치로 교정하기 위해서는 치과 의사가 와야 했다. 초조히 의사를 기다리는 동안 상태가 점점 심각해졌다. 내 의지와 상관없이 턱이 멋대로 살아 움직이는 듯했다. 만져보니 턱이 툭 튀어나와 있어 등골이 오싹해졌다. '이제 얼굴마저 이상해진 상태로 살아야 하는 건가. 얼굴이 영원히 안 돌아오면 어쩌나.' 싶었다.

1시간 넘게 기다리고서야 치과 의사가 방문해 턱을 교정해주었다. 그런데 교정한 지 30분도 채 지나지 않아 다시 턱이 비뚤어졌다. 치과 의사는 그렇게 거듭 어긋나는 턱 때문에 번번이 호출되어 턱을 교정했다.

턱이 돌아간 건 큰 관을 목에 너무 오래 꽂고 있어서 생긴 부작용이었다. 몇 주 동안 왼쪽으로 고개를 전혀 못 돌려서 그랬던가 아니면 무의식적으로 긴장하며 지냈던가. 다음날 주치의 지시대로 목에 꽂힌 관을 빼고 나자 차츰 원래대로 돌아왔다. 정말 다행히도.

지금, 이 순간 행복하기

하루는 복도를 걸으며 친구와 통화를 하는데 수화기 건너편에서 웃음소리가 들려왔다. 내가 없어도 다들 행복하구나. 돌연 소외된 일상이 느껴졌다. 금식 중이라서 음식물로도 채울 수 없으니 공허함을 온전히 느낄 수밖에 없었다.

간혹 드라마, 책, 영화를 보면 병원이라는 배경이 '특별한 공간'으로 그려졌다. 나도 그렇게 병원을 바라볼 수 있는 사람이 되고 싶었다. 어서 빨리 완치해서 이 일상을 탈피하고 싶었다. 때때로 그런 자신을 깨달을 때마다 서글퍼졌다. 내 삶의 평범한 하루가 '병원에서'라고 하니까 어쩐지 눈물이 날 것 같았다.

하루아침에 암 환자가 되었을 때의 당혹감과 억울함과 분노 같은 것들을, 아프지 않은 사람들이 진짜 이해할 수 있을까? 아마 아닐 것이다. 그래서 환자들끼리 유대감이 형성되는 걸지도 모르겠다. 병원에서는 상대에 대해 아는 것 하나 없이도 친밀해질 수 있었고, 내면의 깊은 아픔도 얘기할 수 있었다. 비슷한 상황을 겪고 있어서 그럴 거다. 많은 설명을 할 필요가 없고, 무언가를 이해시킬 필요도 없었다. 많은 말을 하지 않아도 절로 알았다. 간혹 별난 환자들도 있었는데, 알고 보면 결국에는 그저 아프고 힘든 사람일 뿐이었다. 병원에는 다양한 사람이 다양한 병으로 아팠다.

엄마와 친해진 한 아주머니는 입안 수술 때문에 입원했다. 손의 피부를 벗겨서 입이었나, 혀에 씌운다고 하셨다. 백혈구 수치 때문에 수술이 계속 미뤄지고 있었다. 몇 번의 엎어짐은 있었지만, 다행히 성공적으로 수술해서 나보다 빨리 퇴원했다.

맞은편 침대에는 할머니 한 분이 치아를 몽땅 뽑기 위해 새로 입원했다. 음식을 씹을 수 없어서 미음 같은 것만 드셨다. 들어보니 다른 병원에서 제대로 치료를 못해서 병원을 옮겨 왔다고 했다. 모든 치아를 한꺼번에 뽑고 임플란트 시술을 받을 거라고 했는데 꽤 큰 수술인지 의사들이 자주 방문해서 보호자와 얘기를 나눴다.

　병원에서 세 번 수술하는 것쯤은 색다를 것 없는, 흔히 있는 일 같았다. 실제로 같은 병실에 입원한 환자 두 명은 나처럼 세 번의 수술을 겪은 상황이었다.

　어느 날 갑자기 세상을 떠날 수도 있는 게 인생이랬다. 암 병동에 머무는 사람들은 삶을 정리할 기회를 얻었기에 어쩌면 좀 더 나은 것인지도 모르겠다. 병원에 있자니 삶과 죽음에 관한 생각을 많이 하게 됐다. 나는 죽음에 대해 아는 게 없고, 삶에 대해서는 더 아는 게 없는 것 같았다. 그저 그때그때 최선을 다하며 살 뿐이었다. 미래에 관한 불안감에 시달릴 때, 나는 '지금 이 순간에' 존재한다는 사실을 떠올리면 숨쉬기가 조금 편해졌다. 아직 오지 않은 미래도, 결국 현재로와서 지금이 될 테니까 미리 걱정하지 말자고 다독였다. 기다리는 내일이 오지 않을지도 모르니까 지금 행복해지자고.

언젠가 다시 돌려주기를

병원에서 지내는 동안 엄마와 자주 이야기를 나누고 싶었지만, 그때쯤에는 엄마도 나도 지쳐 있었다. 가만히 누워 하루를 보내는 일이 많았다. 말수가 줄어들고 창밖을 바라보는 일이 잦았다.

수술 부위 때문에 움직이지 못할 무렵 침대 높이를 수시로(내가 생각해도 도가 지나칠 정도로 정말 자주 그랬다) 조정해달라고 부탁하자 엄마는 유난스럽다고 했던가, 까다롭다고 했던가. "별스럽긴. 알았어. 알았다고." 한 손을 휘휘 젓고는 침대 손잡이를 돌렸다. 그리고 이내 의자에 앉아서 쉬는 것이었다. 24시간 곁에 붙어 지내면서 우리는 점점 예민해졌다.

어느 날 새벽에 깨어나 복도를 걷다 오니 엄마가 묵주기도를 하고 있었다. 엄마에게도 밤은 길었나 보다. 어쩌면 엄마도 나처럼 체력적으로 한계가 온 건지도 모른다는 생각이 번뜩 들었다. 나만큼 불면증이 심한 엄마가 다른 사람과 함께 지내는 병실에서 제대로 자지 못한 것은 당연한 일이었을 텐데…. 그걸 깨닫기 전까지 엄마가 낮잠을 주무실 때면 지겨워서 그런 거라고 단순하게 생각했다. 엄마에게 누워서 한숨 주무시는 게 좋겠다고 말하면서, 나밖에 몰랐다는 생각에 미안해졌다. 나는 도대체 언제쯤 철이 드는지….

엄마는 침대 발치에 앉아 있는 대신 누워있는 시간이 늘어갔다. 버거웠을 것이다. 나는 밤낮으로 엄마의 도움이 필요했으니까. 새벽에도 힘겨우면 엄마를 부르지 않을 수 없었다. 엄마는 아기를 돌보듯 다 큰 나를 돌봐야 했다. 어렸을 때처럼… 또다시 나를 병간호했다. 그게 슬펐다. 나는 왜 계속 아프지? 언젠가 엄마가 내게 해준 만큼 돌려줄 수 있을지 모르겠다.

행복해야 할 이유는 없다

2월 말, 기다리고 기다리던 퇴원 지시가
떨어졌다. 정확히 한 달 만의 퇴원이었다. 운동화가 헐렁한
것처럼 느껴져서 신발 끈을 꽉 묶었다. 퇴원할 때 몸무게는
38kg이었다. 수술 전보다 9kg 가량 빠졌는데, 살이 빠진다
는 게 몸의 모든 부위에서 일어나는 것이라고는 생각해보지
못했다. 살은 정말로 모든 부위에서 빠져서, 딱 맞던 운동화
가 크게 느껴졌다.

집으로 돌아와 샤워를 하다가 내 몸을 보고 흠칫 놀랐다.
그야말로 피골이 상접했다. 위장을 포함한 여러 부위를 잘라
내는 수술이었고 미음과 죽 외에는 거의 먹은 것이 없다고는
하지만, 영양제를 맞았는데도 살이 다 빠져나가다니…! 한

달간 거의 누워 지냈기 때문에 어쩌면 근육이 줄어서 그럴지도 몰랐다. 씻으면서 "이게 다리냐 팔이냐."하고 스스로 놀랄 정도였다. 이 다리로 용케 걷는다는 느낌이었다. 갈비뼈가 선명히 드러난 모습은 봐도 봐도 충격이었다.

사람은 누구나 감당하기 힘든 어려움이 몰아쳐 마음이 약해질 때면 종교에, 혹은 미신에 기대어 희망을 찾으려 한다고 했다. 나는 퇴원한 후 혼자 성당에 가서 미사를 드리고 왔다. 신은 무거운 짐도, 아픔도, 가족에게 말 못할 슬픔까지도 거두어주는 존재처럼 느껴졌다. 매일 밤 잠들기 전 조용히 신을 불렀다. 내 얘기를 들어달라고. 조용히 말을 거는 것만으로 마음이 안정되고 용기가 솟는 것 같았다.

어릴 때는 성당에 가는 것을 별로 좋아하지 않았다. 내가 '아픈 아이'라는 사실을 아는 사람들이 적잖게 있어서였다. 어릴 적 성당에서 마주치는 사람들은 약속이라도 한 듯이 내 머리를 쓰다듬으면서 "쯧쯧, 불쌍한 것."이라고 말했다. 이제 사람들은 더 이상 내게 "어린 게 불쌍해서 어쩌누."하고 얘기하지 않는다. 얼마 못 살 거라던 나는 서른이 넘도록 살아남았고, 그사이 암은 생각보다 흔한 병이 되었다. 어린 나를 안타깝게 여기던 동네 어르신들도 상당수 돌아가셨다. 시간이 흘러갔다. 어느 순간 이렇게.

우울증의 끝 무렵에는 내게 왜 이러냐고 신을 원망했지만, 사실 내게 이런 일이 생기지 않아야 할 이유도 없었다. 내 삶에 보장되었어야 할 일은 아무것도 없으므로. 건강한 신체를 평생 갖게 해준다고 약속받은 적도 없는데 "왜 내가 가진 것을 빼앗아 가느냐."고 따지고 들었다.

어느 책에서인가 '삶이 행복해야 할 이유는 전혀 없다.'라는 글을 본 적이 있다. 큰 충격을 받았다. 그전까지는 '삶에 불행이 기본일 수 있다.'는 생각을 해본 적이 없었다. '맞아. 가끔 행복한 거야. 원래.' 이렇게 마음먹자 한결 가벼워졌다. 행복한 일이 생기면 기뻐했고, 특별한 일이 없어도 서운하지 않게 되었다.

그래서인지 내가 왜 병에 걸렸는지에 대해서 더 고민하지 않게 되었다. 나를 탓하지도, 다른 사람을 탓하지도, 신을 탓하지도 않았다. 그냥 그 일이 일어났을 뿐이라고, 받아들이게 된 것이다.

네 번째… 수술

수술 이후 전과 다름없이 글리벡을 복용
하고, 2~3개월에 한 번씩 병원에 가서 검사하며 지냈다. 서
른 살 가을, 수술 후 1년 9개월 만에 또다시 수술을 권유받
았다.

그날 주치의는 평소와 다르게 한참 더 검사 결과와 진료
차트를 보았다. 고심하던 주치의는 조심스럽게 "다시 수술해
서 종양을 완전히 제거해보는 게 어떻겠습니까?"라고 제안
했다. 또 수술이라니! 띵- 하고 이명이 들렸다.

주치의는 "작년 5월보다 종양이 커졌습니다."라고 했다.
실제로는 가능한지 알 수 없다며 일단 외과 상담을 권유했
다. 심장이 벌렁거리고, 현기증이 났다. 점심을 먹은 게 체했

는지 헛구역질이 났고 눈물이 앞을 가렸다. 네 번째 수술이라니, 이번에는 정말 깨어날 수 있을지… 자신이 없었다.

평소처럼 진료를 마치고 집으로 내려가는 게 아니라, 친구 집에 갔다. 그날 밤 친구와 얘기하면서 울었는데, 그 막막함을 설명하기는 어렵다.

다음 날 아침에 급히 올라온 언니와 함께 협력 치료 상담을 받았다. 큰 회의실 같은 곳에서 간, 위, GIST 담당 교수님들과 이야기를 나누다가 수술을 하기로 최종 결정이 났다. 그다음 주에는 세 군데에서 외과 진료를 받았다. 간이식 및 간담도, 위장관, 대장 담당 외과 의사를 각 진료실에서 만났다. 마지막으로 만난 대장 외과 의사는 작년에 수술을 집도한 분이었는데 수술에 반대하는 듯했다. 자신이 없다고 했다. 작년에도 힘겨웠다고. 한숨 쉬듯 해보겠다고 말하는데 영탐탁지 않은 기색이었다. 그래서 불안감이 더 커졌다. '지금이라도 수술 못 하겠다고 무를까?'하는 생각이 계속 떠올랐다. 이러지도 저러지도 못하다가 떠밀리듯 수술 날짜가 잡혔고 일은 착착 진행되어 갔다.

외과 진료 후 사흘이 지나 갑자기 감기에 걸렸는데, 무리한 탓인지 컨디션이 나빴다. 열이 심했고 의식도 흐려져서 잠만 잤다. 자고, 밥 먹고, 동네 병원에 가고, 다시 자고를 반복했다. '이래서 수술을 할 수 있을까? 이건 수술하기 싫은 본심 때문에 생긴 증상인가? 아이가 학교에 가기 싫어서 꾀병을 부리다가 진짜 아픈 것처럼?' 몽롱한 정신으로 스스로가 어떤 마음인지 알아내려 했다.

　새벽이면 사위가 고요했다. 내 심장이 뛰는 소리가 유난히 크게 들렸다. 점점 다가오는 수술 때문인지, 여전히 낫지 않은 감기 때문인지, 열 때문에 체온이 적절하지 않아서 그런지, 그냥 너무 많이 자서인지, 어떤 이유든 새벽에 자주 깨어났다. 일기장을 펼칠 기운도 없어서 머릿속에 떠오르는 사념을 내버려 둬야 했다. 부정적인 생각은 급습하듯 왔고, 그러면 또 두려워져서 눈을 감고 깊게 심호흡을 했다.

　수술 날짜는 세 번째 수술 때보다 빨리 잡혔는데, 외과 진료를 받은 지 일주일 후였다. 10월 12일에 입원해 14일에 수술을 하기로 예정이 잡혔다. 열이 계속 오르고 있었기 때문에 입원 준비를 하면서도 수술이 가능할지 걱정이 됐다. 입원하고 간색소배설능력검사를 하면서 간을 잘라낼 경우의 주의 사항을 들었다. 한약과 영양제를 먹지 말라고 했다. 간이 다시 자라도 미비할 거라고 했다. 점점 몸속 장기가 줄어든다는 생각에 손으로 배를 쓰다듬었다.

입원한 날 저녁, 주치의가 찾아와 "검사 결과 폐에 뭔가 발견되었습니다. 종양인지 물인지 확실하지 않습니다."라고 했다. 폐렴 때문에 명확하지 않은 듯싶었다. 만약 종양이라면, 폐에 종양이 발견되는 것은 처음이었다.

주치의는 수술은 취소됐다는 말과 함께 "당분간 글리벡으로 종양이 줄어드는지 지켜보기로 합시다."하고 전했다. 엄마는 당분간 수술은 불가능하다는 얘기를 듣고 먼저 집으로 내려가셨다. 나는 입원한 지 사흘이 지나 항생제를 잔뜩 처방받아서 혼자 퇴원했다.

충격으로 정신이 없던 와중에 서울에서 아쿠아리움을 구경했다. 뭐라도 딴생각을 해야 했다. 유유히 헤엄치는 물고기를 보면서 마음이 조금씩 안정되었다. 체념하는 한편 수술 후 그 고문에 가까운 고통을 겪지 않아도 된다는 사실에 안도했다. 차라리 폐렴에 걸린 게 다행이라고 마음먹기로 했다. 배를 열었는데 폐에 종양이 있어서 수술을 하나마나였으면 더 억울했을 거라면서. 어차피 못하게 된 거니까 잊자고. 지금처럼 항암제를 복용하고, 운동도 열심히 하고, 식이요법을 하자고 스스로 다독였다. 다시 나의 삶에 유예기간을 가지게 된 거라고 마음먹었다. 그렇게 생각을 정리하자, 열차를 타고 집으로 내려갈 때는 마음이 편해졌다.

10월 27일, 폐에 새로운 종양이 발견되어 수술해봤자 소용이 없다는 진단을 받았다.

사랑하는 사람들

내가 희귀암에 걸렸다는 소식은 나뿐만 아니라 가족들도 충격에 빠뜨렸을 것이다. 아니, 지금도 여전히 마음에 부담이 있을지 모르겠다. 나 역시 점차 적응했지만 '암 환자'라는 타이틀이 주는 스트레스를 완전히 없애지는 못했으니까. "어쩌다 이런 병에 걸렸어요?" 이런 말들이 가시가 되어 속을 후벼 팠다. 그런 말을 들으면 병치레를 하고 있는 내 존재 자체가 상처가 되었다. 부모님 마음은 오죽했을까.

어릴 적에는 병원에서 주로 엄마와 함께 시간을 보냈다. 엄마는 피곤해 보였고, 병원에 다니기 시작한 초반에는 항상 눈이 부어 있었다. 내가 힘들어하면 눈물 많은 엄마도 눈물을 글썽이고는 하셨다. 엄마의 눈에는 부기가 빠질 날이 없었다. 간혹 죽고 싶다는 충동이 일 때마다 자식을 떠나보낸 부모 마음은 무엇으로도 위로되지 않는 고통이라는 말이 떠올랐다. 효도하겠다는 마음보다 불효하지 말자는 마음으로 살아남았다.

하루는 엄마가 "웬만한 아이 10명 키우는 것보다 힘들었지. 넌 태어나자마자 아팠으니까."라고 말했다. 장애가 있는 자녀를 둔 어머니 대부분은 정상적인 자녀를 출산하지 못했다는 이유로 상처를 받는다고 한다. 혹시 엄마는 몸이 약한, 그러니까 아픈 아이를 낳았다는 이유로 상처받았을까?

스물네 살 무렵에는 잦은 암성 통증으로 지치고 힘들었다. 그해에는 몸 상태가 나빠지기만 해서 예정된 진료 날짜가 되기 전에 서둘러 병원을 찾는 경우가 많았다. 그날도 그랬다. 전날 저녁부터 시작된 통증으로 새벽 내내 배에 찜질하며 누워 있다가 화장실로 달려가 위액이 나올 때까지 토했다. 새벽을 그렇게 보내고 아침이 되었을 때는 탈진해서 기운이 전혀 없었다.

축 처져 끙끙 앓는 내 모습을 본 아빠는 안 되겠다며 병원에 가자고 하셨다. 나는 괜찮다고, 안 가도 된다고 말했지

만, 아빠는 병원에 전화를 걸어 곧바로 진료를 예약했다. 그
러고는 가기 싫다고 짜증내는 나를 다독여 차에 태웠다. 초
조해하는 아빠의 얼굴을 보면서 아빠에게 미안해졌다. 그때
까지도 나는 몇 년 전 수술하며 겪은 일에 관한 앙금이 남아
있었다. 그 후로 몇 년간 아빠와 사이가 좋지 못했다. 그날
아침, 병원으로 가는 도로에서 아빠가 나를 무척 사랑한다는
걸 깨달았다. 어째서인지 눈물이 날 것 같았다.

한동안 병에 인생을 저당 잡히고 말았다며 억울해했지
만, 사실 진짜 저당 잡힌 것은 가족들이었는지 모른다. 딸의
병시중을 하고 병원비를 충당해야 했으니까. 나는 죄인이었
다. '나 때문에 우리 집이 가난한 거 아닌가…' 하는 죄책감에
시달리곤 했다. 절대 적지 않은 병원비, 어렸을 때 아파서
꽤 많은 돈이 깨졌는데 또다, 또.

실제로 남동생이랑 싸우던 중에 "우리 집에 돈이 없는 건
누나 때문이야."라고 했을 때는 충격이 컸다. 나도 그런 식으
로 생각하던 중이었지만, 그래서 우울했지만, 그래도 동생이
그런 식으로 생각하고 있다는 게 괘씸했다. 물론 동생이 바
로 사과하기는 했지만, 한동안 그 말이 머릿속에서 떠나지

않았다. 그래도 이런 상처들을 극복할 수 있었던 것은 우리 집에 사랑이 충만하기 때문이겠지. 가족들의 희생과 헌신, 애정을 알고 있다. 그래서 고맙고, 행복하고, 때론 미안하다.

친구들이 병에 걸린 나에 대해 어떻게 생각했는지 잘 모르겠다. 무슨 생각을 했을까? 내가, 그러니까 친구가 죽을지도 모른다는 두려움을 가졌을 수도 있겠다는 생각이 최근에야 들었다. 아프고부터 작은 일에 예민해졌고 섭섭함이 조금씩 쌓였는데, 항상 그보다 고마움이 훨씬 더 크게 쌓였다. 친구들이 내게 워낙 좋은 사람들이라서 그랬다. 한때 친구 관계에서 나는 받기만 하는 사람이라는 생각을 했다. 친구들의 배려가 고마운 한편 슬퍼지기도 했다. 받는 게 아니라 주는 사람이 되고 싶었다.

어렸을 때는 아프다는 게 어떤 건지 이해받지 못했다. 고의로 그러는 것은 아니었다. 단지 친구들은 너무 건강했고, 죽음을 생각하며 사는 삶을 알지 못했다. 예전엔 그게 참 서글펐다. 나는 꼭 완치할 거라며 다짐하는 중에도 혹시 모를 끝을 준비해둬야 했다. 한정된 시간이 하루씩 줄어드는 것이 아깝기만 했다. 허무하게 하루가 흘러가면 마음이 혼란스러

웠다. 그런 날은 잠자리에 누울 때 내 인생을 소중히 돌보지 않았다는 자책감이 들었다. '그냥 보낸 하루는 너무 아깝지 않아? 꿈을 위해 노력하거나, 오늘을 행복하게 보내거나, 청춘을 즐기거나, 뭐라도 해.' 스스로를 몰아세웠다.

이제 나는 삼십 대가 되었다. 친구들도 하나둘 청춘이, 시간이 흘러가는 게 아깝다고 말하기 시작했다. "내 말이 그 말이었어."하고 바람결에 조용히 속삭였다.

이십 대에는 삶의 끝을 생각하며 살다 보니 버킷리스트를 실현하고 새로운 일에 도전하기 바빴는데, 지금은 그냥 행복한 하루를 보내면 됐다 싶어졌다. 특별히 무엇을 하지 않아도 '만족스러운 하루였다.'라고 생각하는 날이 많아졌다. 그동안 쌓아온 하루하루가 뿌듯했다. 부족하고 서툴렀지만 욕심을 내려놓고 이제는 스스로를 칭찬하기로 했다.

병을 마냥 부정해버리기에는 내 인생에서 차지하는 비중이 너무 크다. 병원은 나라는 사람을 만든 곳이었다. 오랜 세월 병원에 다니면서 자연스럽게 작은 것의 소중함을 깨닫게 되었다. 일상의 고마움과 주변 사람의 소중함을. 병은 어떤 의미에서 내게 가장 소중한 것들을 다시 선물해준 것인지도 모른다. 어느 날 'GIST는 GIFT일지도 몰라.'하는 생각이 들었다. 언젠가 선물이었다 말할 그날이 올까?

언제부터인가 나는 존재할 수 있는 지금 이 순간 행복해지고 싶었다. 그랬더니 '사람'이 답이었다. 나는 애정 속에서 행복을 느꼈다. 어느 책에서인가 '사랑받는다는 확신보다 행복한 것은 없다.'라고 그랬지. 살아가는 동안 조금 더 자주 내 곁에 있는 사람들에게 그런 확신을 심어주고 싶다. 그리고 나 역시 그런 확신을 느끼고 싶다. 나는 사랑이 충만한 하루하루를 살고 싶을 뿐이다.

2019년 나는 여전히 치료 중이다. 내 인생은 절대 평범하진 않지만, 꽤 즐겁게 살았다. 힘든 시기에 곁을 지켜준 가족과 친구들이 있어 든든했다. 그래서 자주 행복한 사람이 되었다.

무엇보다 이 세상에 존재하는 내 생명의 이야기에 설레고, 오늘 살아있음에 진심으로 감사하다. 내가 지나치게 많이 소유한 것은 아닌지 부끄러운 날이 있다는 것은 분명 행복한 일이다. 무엇보다 그걸 알고 있는 내 인생이, 꽤 사랑스럽다.

여전히 두렵지만, 오늘을 살기에

처음 암 선고를 받으면 대부분 이런 고통을 받아야 한다는 것에 대해 매우 불행하게 받아들인다고 한다. 나는 오랫동안 병원에 다니는 걸 자연스럽게 여겼다. 불행하다거나 '왜 내게 이런 불행이 닥친 걸까?'하는 생각은 조금 더 시간이 흐른 다음에 왔다. 유년 시절부터 이어진 투병 생활은 병과 나를 분리해 생각하지 못할 정도로 내 삶과 병을 밀착시켰다. 마치 그게 자연스러운 일인 것처럼 말이다.

GIST가 재발했을 때에야 비로소 분노했다. "왜 또 병에 걸린 거야!"하고. 이러다 평생 병과 함께 살아야 할 것 같은 예감이 강하게 들었다. 또한 죽을지도 모른다는 두려움이 수시로 찾아왔다.

GIST가 재발한 후 늘 서른 즈음을 염두에 두고 살아왔다. GIST라는 병명이 밝혀진 뒤 "약 먹으면서 10년 넘게 사는 사람들도 있대."라고, 언니가 희망을 주기 위해 한 말이 나의 심리적 가이드라인이 됐다. 막연히 '서른까지 살 수 있겠구나.'하고.

이십 대 중반에는 마음이 조급했다. 매년 적은 버킷리스트를 지우는 일에 혈안이 되었다. 하나라도 더 많이 해보고 죽고 싶었으니까.

그런 날들이 지나고 이십 대 후반에는 자주 "행복하다."고 말하고 있었다. 어느 날은 엄마에게 진심을 담아 말했다. "엄마, 난 우리 가족으로 태어나서 행복해. 엄마 딸로 태어나서 행복해. 사는 동안 참 행복했으니까, 나중에 죽은 후에 미련은 없겠어."하고 웃으면서 얘기했다. 서른이 곧 다가올 거였고, 혹시라도 몇 년 안에 내가 죽게 된다면 가족들이 너무 슬퍼하지 않았으면 좋겠다고 생각했다. 나는 살면서 참 행복했으니까.

막상 세 번째 수술을 받고 서른이 되었을 때 몸 상태는 괜찮았고, 그해 갑자기 죽음을 맞이할 일은 없을 것 같았다. 연장된 생명, 그렇게 느껴졌다. 누구도 내게 서른에 죽는다고 말한 적이 없는데 나 혼자 서른을 기준점으로 삼았다는 걸 그때 깨달았다. 다음 해 서른한 살이 되자 마흔까지는 살겠다 싶어졌다. 운이 좋으면 여든 살까지 장수하겠다는 생각도 해봤다. 그때 나는 무얼 하고 있을까? 흘러가는 대로 지루하게 살고 싶지는 않다. 늘 무언가를 배우고 싶고, 여행을 떠나고 싶다. 지금 갑자기 든 생각인데 스페인어를 배우면 좋겠다. 진짜 내게 그 시간이 온다면.

지금 나는 서른세 살이다. 죽기에는 너무 젊다는 생각을 한다. 이십 대에도 하지 않았던 생각을 지금 한다. 완치 판정을 받기까지 수년이 걸릴지도 모르고, 어쩌면 '완치'라는 말을 들을 일 없이 계속해서 약을 복용하며 살아야 할지도 모른다. 생각하기도 싫지만 죽음이 훨씬 빨리 찾아올지도 모르지. 가슴 졸이거나 미리 염려하고 싶지는 않다. 지금은 병이 심해지지 않고 유지되는 것에 감사하고, 약을 복용하면서라도 계속 살아갈 수 있음에 감사하다.

언젠가 시간이 흘러 건강해지지 않을까? 이런 희망을 품고, 한편으로는 현실을 받아들이며 살기를. 지금까지 잘 이겨냈듯 앞으로 역시 잘 견뎌낼 것이다. 어차피 남과 다르게 흘러온 인생, 나답게, 나만의 속도로 살아야겠다고 다짐한다. 몇 년간 가장 듣고 싶은 말은 "의학적으로 완치되었습니다." 라는 완치 판정이다.

끝으로 가족과 친구들을 비롯해 내 삶에 머물러 준 모든 사람에게 고맙다는 말을 전하고 싶다. 여덟 살에 내게 찾아온 신경아세포종은 물론이고, 열여덟 살부터 지금까지 앓고 있는 GIST까지, 많은 의료진이 최선을 다해 치료해주셨고 친절히 대해주셨다. 특히 주치의였던 부산백병원의 소아과 이순용 교수님, 종양내과 손창학 교수님, 서울아산병원 종양내과 강윤구 교수님께 감사의 인사를 전하고 싶다. 최선을 다해 치료해주셔서 감사합니다.

나는 세번
죽었습니다

1판 1쇄 인쇄 2020년 1월 10일
1판 1쇄 발행 2020년 1월 21일

지은이 손혜진

발행인 양원석 **편집장** 최혜진 **책임편집** 송보배
디자인 강소정, 김미선 **일러스트** 안다연
영업마케팅 양정길, 강효경, 정문희

펴낸 곳 ㈜알에이치코리아
주소 서울시 금천구 가산디지털2로 53, 20층 (가산동, 한라시그마밸리)
편집문의 02-6443-8893 **도서문의** 02-6443-8800
홈페이지 http://rhk.co.kr
등록 2004년 1월 15일 제2-3726호

ISBN 978-89-255-6815-7 (03810)